Nico Hildebrandt

Zauber, Magie und Fantasie

Seelen reisen immer zu zweit!

D1694524

Wichtiger Hinweis:

Dieses Buch enthält viele Lebensweisheiten und schöne Geschichten. Du kannst es nutzen um deinen Geist auf eine Reise zu schicken und genau dies solltest du tun. Vergiss nicht, dass eine Reise immer den Rückweg beinhaltet.

1. Auflage 2018

Premium Health Project

Nico Hildebrandt

my@premiumhealthproject.com

www.premiumhealthproject.com

Die vorhandenen geschlechtsspezifischen Unterteilungen wurden nur des Textflusses Willen genutzt. Jeder kann in jedem Gedicht der Held sein, die Hauptrolle gehört dir.

Inhaltsverzeichnis:

<u>Widmung:</u>

Für den Menschen, der mein Herz berührte.

Für den Menschen, der mich in andere Dimensionen führte!

Für den Menschen, dessen Licht mich im Dunkeln begleitet.

Für den Menschen, der mir selbst bei Regen eine Freude bereitet.

Für den Menschen, vor dessen Lächeln die Sonne erblasst.

Für den Menschen, den kein Traum noch schöner macht!

Für den Menschen, der war, ist und wird immer sein:

Mein Zion, mit dir tauch ich in jede Welt hinein!

Vorwort:

Es gibt viele Geheimnisse im Leben, und ich bin sehr froh darüber.

Alle diese Geheimnisse lassen viel Spielraum für Spekulationen und Hoffnung.

Vielleicht gibt es die eine Seele da draußen, die hervorragend zu dir passt. Wenn dem so ist, dann hoffe ich, du findest in diesem Buch genügend Nahrung für deine Hoffnung.

Lass deine Gedanken ziehen, vergiss die schlechten Erfahrungen, mach Platz für ein wundervolles Leben. Lass dein Herz weit offen, und fülle es mit so viel Leuchten, dass ihr euch finden werdet.

Bis dir diese eine Seele begegnet, nutze die Zeit, werde der Mensch, der du schon immer sein wolltest.

Lass deine Flügel wachsen, und nutze deine neu gewonnene Kraft, um deinen Seelenpartner zu finden.

Wenn ihr zusammen seid, wird es perfekt sein, besser noch als das.

Doch vergesst und verwechselt nicht: Je nach dem wie lange eure Suche andauerte, kann es sein, dass eure Leben noch die ein oder andere Herausforderung mitbringen, die ihr dann gemeinsam lösen dürft.

Auch wenn es "nur" bedeutet, Verständnis zu haben und geduldig vor dem Himmelstor auf seine Eröffnung zu warten.

Ich wünsche jedem von euch das Paradies auf Erden.

Euer Nico

Kapitel 1: Reise zur Erde

Freier Fall

Hoch oben auf ... der Wind findet seinen Lauf.
Er wird stärker ... das Straucheln beginnt ... die Stabilität sie rinnt ...
dahin.

Der Blick von oben war so wunderschön, was konnte man nicht alles
sehen.
Wie sehr den Wald genossen, wie sehr, wenn die Wolken sich unter
einem ergossen.
Zwischen Himmel und Erde zu sein, stabil und sicher ... ein Gefühl sich
mit dem Universum zu vereinen.

Doch wenn der Flug zum Absturz sich wandelt, wird der Wald eine
Gefahr ... die Erde so furchtbar nah ... nicht in das Gewitter hinein ...
auch das kann Fliegen sein.

Der Wind, er rauscht an dir vorbei ... deine Tränen sie fliegen frei ... in
die Wolken hinein.
Der Boden, er rast auf dich zu ... dein Herz findet keine Ruh ... mach
deine Augen zu.

Lass es einfach sein ... tauch in die Freiheit des Fallens hinein! Was hast
du zu verlieren?
Gibt es nichts, kann nichts passieren, gibt es mehr, werden höhere
Mächte rebellieren ... aus dir ein Licht erwachsen, so groß wie des
Bären Tatzen ... und die Schnuppe kehrt zurück, durch Engel getragen
und findet am Himmel ihr Glück!

Hast du das gesehen? Fast wär es um mich geschehen.

„Warst doch einst da unten gewesen, war es denn so schlimm, dieses Menschenleben?"

Mit dir wär mir wohl ergangen, doch allein meine Liebe zu dir hält mich im Paradies gefangen.

„Würde ich mit dir gemeinsam gehen, würdest du also der Aussicht von hier oben widerstehen?"

Sicher, mit dir geh ich überall hin, denn mit meinem Highlight bekommt alles einen Sinn.

Highlight

Ein noch so schönes Leben, wenn auch alle Wünsche in Erfüllung gehen.

Der allerschönste Tag, tausend gute Dinge in sich verbarg.

Ein Lächeln auf den Lippen zu jeder Stund,

glücklich bis zur Seele Grund.

Ein Leben, wie könnt es schöner sein,

mag mich nicht beschweren, nein!

Gesund, froh und heiter, läuft das Leben immer weiter …

Erfreut, dass man geboren, fühlt man sich von Gott höchst selbst erkoren …

Das Leben könnte nicht schöner sein, mit dir, das wäre ein …

Es ist nicht wahr, wie kann es das geben? Nennt man sowas wirklich Leben?

Ist es perfekt und ein Sahnehäubchen oben drauf, mit dir springt das Leben aus dem schönsten Traum heraus!

Mit dir so unbegreiflich schön, man kann es nur als Highlight sehen!

Danke, dass es dich gibt!

„Wie schön deine Worte mich doch berühren, mich in einen Himmel über den unseren entführen!"

Was hätten wir von einem Leben auf der Erde?

„Ob unser Leuchten dann wohl noch stärker wäre?"

Es kommt wohl darauf an …

„ … ob wir auch anderen Menschen wohl getan?"

Es ist schwer, dass muss man wohl sagen, oft ist der Blick nach unten kaum zu ertragen.

„All der Krieg und der Hass in den eigenen Reihen, könnten wir wohl mit gutem Beispiel das Ende ihrer Geißeln sein?"

Lass dich nicht aufhalten

Ich würde gern, doch ich trau mich nicht,
diese Mauer da, versperrt mir meine Sicht!

Ich hätte und könnte vieles sein, doch ... ach Mensch ... das geht mir nicht ein.

Ich sollte endlich und vielleicht ... wäre es doch einfach und gar so leicht.

Wenn doch nur ... so sei es drum ... ich schaff das nicht, was bin ich dumm.

Wenn ich endlich ... geht es los, dann ist das Leben gar famos.

Ach hätt ich nur ... was wär das schön...

Wann willst du endlich deine Wege gehen?

Du musst beginnen mit nur einem Schritt, der Nächste folgt, ist gar gewiss.

Fang nur an und lass das Denken sein, du weißt wohin, das Ziel schon dein.

Überlege nicht, was könnte passieren, mach was du kannst, dann wirst du nichts verlieren!

Die Mauer unserer Gedanken ... wirft unser Handeln in die größten Schranken!
Hast du einmal klein begonnen, wird endlos Großes daraus gewonnen!

Mit demütigem Blick auf das Leben ...

Wir können einfach alles schaffen!

„Doch wenn wir herunter reisen, werden unsere Gedanken uns verlassen."

Sie werden gehen, das ist wohl war. Doch bleiben wir doch auf ewig, dieses stolze Himmelspaar.

„Wir sind, wozu wir erkoren, auch wenn wir dann erneut geboren."

Die Reise zueinander kann einige Zeit sein, doch finden wir uns … bin ich ganz dein!

„Nichts soll den Weg zwischen uns finden, wir gehören zusammen, konnten wir uns doch auch als Licht verbinden."

„Wenn doch alle Gedanken sind von dannen gezogen … wie finden wir uns bei der Gesellschaft Wogen?"

Der Kuss

Ein Kuss liegt voll mit Emotionen,

ein Rauschen durch deinen Körper, um dich zu belohnen.

Die Magie, die dich mit dem einen verbindet, der dein Herz in jedem Leben findet.

Nimm es an, lass es dein sein, dafür muss du dich nicht erst wie Dornröschen in einen ewigen Schlaf weinen!

Der Magnetismus hat Bestand … jeder deiner Zellen außer Rand und Band.

Die wahre Liebe wird es sein … lädt sie dich in euer eigenes Märchen ein!

Wie gern würde ich deine Lippen wieder an den meinen haben…

„Die gemeinsame Reise zur Erde könnte etwas für sich haben."

Wir müssen noch einen Augenblick verweilen, denn gleich wird die Sonne sich wieder selbst im Antlitz des Mondes beneiden.

Wenn der Mond die Sonne sucht

Wenn der Mond die Sonne sucht,
doch er kann sie nicht finden.
Wenn er stehts versucht ein Licht an sich zu binden.
Er will reflektieren des Gottes Geschenk,
weil Licht nun einmal das Leben lenkt.

Wenn der Mond die Sonne sucht,
doch er kann sie nicht finden?
Wie kann er nur die Kraft des Lebens binden?
Wie wird es hell in finsterer Nacht, möchte er doch sehen wie Leben
erwacht.
Blickt er herunter und sieht alles im Schein,
wo wird wohl die liebe Sonne sein?

Wenn der Mond die Sonne sucht,
doch er kann sie nicht finden?
Wann hast du sie zuletzt gesehen,
magst du deine Gedanken entwinden?
Sie stand zwischen mir und der Welt, dann hat ihr Leuchten mich so
wundervoll erhellt.

Wenn der Mond die Sonne sucht,
doch er kann sie nicht finden?
Weißt du, dass die Sonne wird sich immer im
Zentrum befinden?
Was soll es heißen? Hab sie vor mir gesehen ...
Meine liebe Sonne, bleib ruhig öfter mal vor einem Spiegel stehen!

„Weil der Mond ihre Strahlen so wundervoll reflektiert."

Weil sie gemeinsam sind, was sonst keiner kapiert.

„Nun … da der Mond vor der Sonne steht, sich die Erde im vollkommenen Schatten bewegt."

Gleich wird es geschehen, die Erde wird in neuem Glanze entstehen.

Die Welt entsteht in neuem Glanz

Das Universum hell aus der Sicht der Sonne,

der Mond ihr Spiegel, welche Wonne.

Die Sterne lachen, sie feiern ein Fest,

weil das Traumpaar sich die Chance nicht entgehen lässt.

Sie lächeln sich an, auf einer Bahn, eine Sekunde, Stille, sie schauen sich an.

Auf der Erde ahnt niemand das Licht, auf der anderen Seite des Mondes hört man es nicht.

Die Kraft des Yin hat die Erde umhüllt, die Magie, die jede Wurzel umspült.

Bodenständigkeit und innere Stärke, das sind seine wahren Werte.

In der Finsternis kannst du nur bestehen, wenn deine Wurzeln in diese Erde gehen.

Doch das Dunkle ist auch hier nicht allein, denn in der Galaxie, da ist er der helle Schein.

Der Mond zieht weiter, die ersten Strahlen sie brechen, wie eine Welle ins Tal.

Das Licht flutet die Erde überall.

Das Yang macht sie wieder bereit, während die Sonne den Mond umarmt zu dieser Zeit.

Der Schatten vergeht, beide Kräfte vereint, wieder im Dualismus bis das große Ganze erscheint.

Die Welt erstrahlt in neuem Glanz, aus der Wurzel geboren, ich weiß es, du kannst!

Du kannst erblühen, wieder auferstehen, an jedem Morgen, das Wunder des Lebens sehen!

„Die letzte Flut des Lichtes, sie bricht an."

Wir müssen los, sonst haben wir die Zeit vertan.

Wenn Sterne fallen

Mit ihrem Licht haben sie allen alles gegeben,

ein Platz zum Träumen, die Zuflucht im Leben.

Über tausende Jahre strahlen manche von ihnen,

viele sind Ewigkeiten am Himmel geblieben.

Manche machen sich dann auf und nehmen Einfluss in des Lebens Lauf.

Sie nehmen sich an die Hände, denn sie reisen immer zu zweit, ein galaktisches Licht, steht für deine Augen bereit.

Du kannst sie sehen, wie sie am Horizont vorüberziehen…

Eine Sternschnuppe so endlos schön, doch es ist nicht ein Stern, den du dort siehst vergehen.

Es sind zwei und sie werden neu geboren, und mit ihrer letzten Kraft haben sie sich folgendes geschworen:

„Verbunden auf ewig, so wollen wir sein, damit wir uns einst auch wieder am Himmel vereinen."

Diese Kraft ist so wunderschön, dass in diesem Moment auch deine Wünsche in Erfüllung gehen!

„Lass mich bitte nicht los…"

Die Erde zieht uns immer stärker heran, doch nicht unsere Hände bilden den unsterblichen Bann.

Es sind wir, die hier verbunden, und unsere Herzen haben sich schon einmal gefunden.

Magnetismus

Eine unsichtbare Energie, sie fließt … schwebt … wie die Philosophie.

Ein Lied könnten wir für sie singen, wie wunderschön diese Teilchen doch schwingen.

Bewegen sie sich frei im Raum.

Sie fliegen umher, du glaubst es kaum.

Doch was, wenn … nein das kann nicht sein.

Vielleicht doch …

Ach, du stimmst nicht mit ein …

Magst du mitgehen? Sie tanzen sehen?

Dann bleib mit deinen Gedanken kurz auf der Tanzfläche stehen.

Ungeordnet, frei im Sinn, ist immer eine Bewegung drin.

Vor … zurück … hoch und runter … mit welchem Ziel, wirst du jetzt munter?

Sie bewegen nicht, sie suchen erpicht … mit aller Kraft, bis es das Zentrum schafft, der Idee zu folgen.

Wieder wird jede Ecke strapaziert, wieder über Gott und das Leben philosophiert … hör ihnen doch zu! Sie geben vorher eh keine Ruh!

Sie wissen, wohin sie dich tragen, zu wachsen und nach ein paar oder vielen Jahren … wirst du sie besser verstehen, und du kannst vollkommen auf ihren Wegen gehen.

Dann kommt es … es wird passieren … all die Energie wird sich mit einem Mal…

Verlieren … ein Aufprall … du weißt nicht, wie es geht, auf einmal kein Gedanke mehr auf dem anderen steht.

Dein Kompass, deine Teilchen, dein Herz hat dich getragen, dahin wo der Magnetismus dich wollt haben.

Du kannst dich wehren … du kannst es versuchen … doch die innere Stimme wird immer und immer wieder rufen!

Deine Gedanken werden nur noch kreisen, aber eher wie ein Kegel in eine Richtung verweisen…du kommst nicht aus, du kannst nicht weg … der Magnetismus hat sich nun nicht mehr versteckt.

Die Energien, die uns zueinander ziehen, diese werden niemals vergehen!

„Unsere Liebe, unsere Verbundenheit und die Unendlichkeit wird sein, dass wir uns in jedem Leben aufs Neue vereinen."

Es wird Zeit, dass sich unsere Hände verlieren …

„Ich will nicht loslassen, ich will das Gefühl der Sehnsucht nicht forcieren."

Loslassen

Lass gehen, was von dir weichen will ...

lass los, denn es steht nicht still.

Du weißt was der Magnetismus dich gelehrt?

Was zu dir gehört, dich auch immer wieder beehrt.

Es ist oft schwer eine Hand nicht mehr zu fassen, doch musst du größere Gedanken zu dir lassen!

Größere? Schönere? Schau sie doch an, was hier noch passieren kann!

Wenn es zu dir gehört, kehrt es von allein zurück, begreifst du dieses Glück?

Es kann nichts einfach von dir gehen, gehört es zu dir, bleibt es bei deinem Herzen stehen.

Es ist und wird immer sein, du kannst nur gewinnen, so trau dich...

Lass es zu ... die Angst verschwindet im Nu.

Sie kehren zurück, die uns lieben, denn sie sind auch ewig in deinem Herzen geblieben!

So willst du fühlen, wie schön es ist?

Denn wer zurückkehrt, der für immer ein Teil deines Lebens ist!

„Wer solche schönen Worte findet, an den sich mein Herz wohl noch 1000 Leben bindet."

Schon jetzt findet sich die Sehnsucht ein, wir werden suchen bis wir uns wieder vereinen.

Sehnsucht

Deine Wimpern sind die Engelsflügel deiner Augen, welche sind so endlos ... wie soll man das glauben.

So tief, wie gern würd ich mich ein Leben darin verlieren, dich zu halten und Vater Zeit entführen.

Warum muss die Zeit vergehen? Warum nur muss ich dich gehen sehen? Weshalb können wir nicht jetzt schon Zuhause sein?

Weshalb stimmst du nicht mit mir ein?

Deine Lippen sind das Tor in eine andere Dimension, ein jeder Kuss als wär er einem Märchen entflohen.

Sie zu berühren, mir die Ruhe gibt, mir jeden Zweifel an der Gnade des Lebens nimmt.

Kann man etwas so schönes verdienen, vielleicht sollt ich versuchen zu halten, ich will dich einfach nicht verlieren ...

Warum muss die Zeit vergehen? Warum nur muss ich dich gehen sehen? Weshalb können wir nicht jetzt schon Zuhause sein?

Weshalb stimmst du nicht mit mir ein?

Deine Wangen auf meiner, die Mitte der Welt, inmitten des Lebens, hoch oben, das Paradies erwählt. Gemacht um auf ewig zusammen zu verweilen ... warum sich lösen, zurück an den Himmel, sich wieder vereinen.

Warum muss die Zeit vergehen? Warum nur muss ich dich gehen sehen? Weshalb können wir nicht jetzt schon Zuhause sein?

Weshalb stimmst du nicht mit mir ein?

Deine Haut der meinen so nah, gefühlt wie eins, so ist es vollkommen klar.

Warum muss es eine Energie geben, die trennt, wofür es sich erst lohnt zu leben?

Was bleibt denn bei so vielen Dingen?

Ist es nicht schöner, gemeinsam der Lieder zu singen?

Gemeinsam alle Projekte zu sehen, einfach gemeinsam durch das ganze Leben gehen, gemeinsam ein für alle Mal, denn Sehnsucht ist eine Qual.

Warum muss die Zeit vergehen? Warum nur muss ich dich gehen sehen? Weshalb können wir nicht jetzt schon Zuhause sein?

Weshalb stimmst du nicht mit mir ein?

Sehnsucht, kann auch etwas anderes sein?

Die Vorfreude sich wieder zu vereinen?

Der Weg die Gedanken wieder zu teilen?

Wofür brauchen wir diesen Pfad, ich habe mich des Wertschätzens doch nicht versagt ...

Warum muss die Zeit vergehen? Warum nur muss ich dich gehen sehen? Weshalb können wir nicht jetzt schon Zuhause sein?

Weshalb stimmst du nicht mit mir ein?

Warum, weshalb philosophieren?

Könnten wir den Plan dahinter kapieren?

Wir müssen das Schicksal akzeptieren,

alle Prüfungen meistern und den Glauben nicht verlieren.

Wir werden der Sehnsucht ein Zuhause geben, bis der andere tritt als Zuhause wieder in unser Leben!

„Was machen wir nun?"

Ich weiß es nicht, irgendwie trau ich mich nicht!

„Einst hörte ich diese Worte auf der Erde erhallen, vielleicht sollten sie bis zu diesem Zeitpunkt in meinem Gedächtnis verweilen."

Mut

Einen Schritt zu gehen …

Es könnte etwas geschehen …

Es könnte, kann oder wird nicht sein?

Findest du es heraus, stellt es sich ein.

Die Unbekannte ist, was dir Sorge bereitet?

Ist es das Schicksal oder Zufall, was dich begleitet?

Gibt es Schicksal, wird alles gut; gibt es Zufall, brauchst du den Mut.

Musst du für den Augenblick entscheiden, solltest du vielleicht im Moment verweilen.

Einfach warten, bis die Chance vergeht?

Ist dies, wofür dein Schicksal steht?

Ist es, was dein Zufall will?

Beides ist dir einfach zu viel?

Wohin, wenn nicht vor und zurück?

Nach oben, welch ein Glück …

Ich dachte, wir wollen etwas bewegen, den Menschen wieder neue Hoffnung geben!

Die Welt verändern, haben wir gesagt, und du hast dich der Grundsatzfrage entsagt?

Wohin wird es uns ziehen?

Wohin wirst du im Speziellen gehen?

Die Sekunden ziehen vorbei, mit ihr nicht nur der Schall.

Mit jedem Moment, der vergeht, ist es deine Schicksalsuhr die sich bewegt.

Mit jedem Moment, der vergeht, dir eine Chance in deinem Leben entgeht.

Hat sie dir der Zufall herangetragen, kannst du später nicht mehr ja sagen.

Wüsstest du, es ist Schicksal, würdest du es tun?

Warum willst du auf den Gedanken des Zufalls ruhen?

Das Schicksal wird dir mehrere Chancen geben, doch der Zufall nur die eine in deinem Leben!

Du musst ergreifen zufälliges Schicksal oder auch nicht!

Es ist dein Buch, dein Leben, dein Gedicht!

Habe Mut, die Wege zu gehen, denn der Magnetismus wird mit deinem Leben vergehen.

Am Ende hättest und würdest du gern, wie in den Leben davor, lag es nie fern!

So lassen wir nun los?

„Halt ein, was ist das bloß …"

„Sieh da, die Sonne geht wieder auf, die Strahlen suchen nun ihren Verlauf."

Wie die Sonne

Sie schaut über den Rand der Welt,

sie hinterlässt ein herrlich rotes Himmelszelt.

Sie lächelt am Horizont, kommt langsam empor, ihre Strahlen reichen weiter als jemals zu vor.

Sie rennen, sie laufen und springen über die Welt, bis jede Blume ihre Portion Sonne erhält.

Alle so richten sie sich auf, als Dank zur Sonne, ihre Pracht der Applaus.

Den Applaus, den sieht und hört sie gern, obwohl etwas zu erwarten, ist ihrer Norm so fern.

Sie gibt ein Lächeln an jedem Tag, weil sie einfach einem jeden diese Freude zu schenken vermag.

Während sie sich ihren Weg weiter nach oben bahnt, sind ihre Strahlen, und wer hätte das geahnt, … fleißig, denn sie springen umher und beleben noch so vieles mehr.

Die Fische fangen an, sich zu bewegen, die Vögel erwecken mit ihrem Gesang der Städter Leben; die Bäume atmen auf, das Leben nimmt seinen prachtvollen Verlauf.

An Bächen, Tälern, Seen und Städten, überall springen sie aus den Betten, hinaus ins Freie, denn der Tag beginnt, während der ein oder andere Hahn sein Liedchen singt.

Die Sonnenstrahlen umkreisen die Welt, mit Lichtgeschwindigkeit es ein jedes Leben erhellt; nebenbei bemalen sie den Horizont, ich hoffe du bist dieses Spektakel niemals gewohnt!

Dürfen wir etwas von der Sonne lernen? Wir sollten jeden Tag wie den ersten ehren, uns keinem Lebensglück verwehren, immer heiter gehen und mit dem schönsten Lächeln im Leben stehen!

Wie soll ich diesen Tag nur ehren, wie mich lösen, ohne mich des Glückes zu verwehren?

„Das kann ich gerade auch nicht recht verstehen … wie soll all dies nur zur gleichen Zeit geschehen?"

Da sind wir, rasen auf die Erde in ein Leben hinein, wollen uns nicht lösen, eigentlich am Himmel sein und irgendwie wollen wir was Gutes tun und uns nicht auf unserem Glück ausruhen.

„Wenn dieses Lösen nicht wäre, ich mein, es ist mir eine Ehre, dich an meiner Seite zu wissen, wer kann von mir verlangen, diesen Teil zu vermissen?"

Warten wir auf etwas vorbestimmt, die Zeit mal so gar nicht verrinnt, haben wir alles, wie in diesem Moment, sie einfach schneller als alles andere rennt.

„Was sollen wir tun?"

Was wollen wir tun? Was wollen wir geben? Wonach in diesem Leben streben? Wie lange wird es sein, bis wir uns wieder vereinen? Wissen wir denn, dass sich unsere Wege trennen? Können wir die Zukunft bereits jetzt beim Namen nennen? Ich stehe dafür ein: Dich lass ich nicht los, mein Herz bleibt dein!

Solange wie es geht

Ich halte dich, so fest es geht.

Ich halte dich, ob die Sonne auf- oder untergeht.

Ich halte dich, freiwillig werde ich mich nicht lösen,

ich verteidige unsere Liebe, auch gegen den Größten!

Ich halt zu dir in jeder Sekunde,

ich halt zu dir egal ob Regen- oder Sonnenstunde.

Ich halt zu dir, denn wir sind ein,

für mich wirst du immer die Traumfrau sein!

Nur für dich schlägt mein Herz,

für dich ertrag ich jeden Schmerz.

Für dich, ich schrei es in die Welt hinaus:

Für dich gebe ich niemals auf!

Für mich bist du der Glanz in jeder Welt,

für mich bist du die Luft, die mich am Leben hält.

Für mich bist du das Licht in noch so finsterer Nacht,

nichts hat jemals so viel Sinn gemacht!

Solange wie es geht, werde ich dich halten,

solange wie es geht, gegen alle Mächte streiten,

solange wie es geht, steh ich für uns ein,

am Ende wirst du immer das Schönste in meinem Leben gewesen sein!

„ … “

Beide halten sich so fest sie können, doch die Erde zieht an ihren
Händen. Das Leben hat es am Ende vielleicht wohl gemeint, doch diese
eine Träne steht nun zum Anbeginn der Zeit!

Kapitel 2: Panta Rhei … alles fließt

Wenn im Herbst die Blätter fallen

Sie welken und verlieren ihren Glanz,

der Wind, ihre letzte Chance aufzusteigen,

empor zu schweben, für die wahre Größe in diesem Leben.

Durch den Wind getragen, der Schwerkraft entronnen,

nein, halt, es wurde nichts gewonnen.

Hoch geflogen und dennoch zum Sinken bestimmt,

doch die Grazie im Sinkflug ihnen niemand nimmt.

Der Baum verliert seine getreuen Gefährten,

die Äste dabei die großen Gelehrten,

was haben sie zu sagen, was konnten sie sehen?

Ein jedes Einzelnes sehen sie gehen.

Da steht er nun, der anmutige Baum,

seine Krone, eines jeden Königs Traum,

hoch erhaben auf dem Hügel zu sehen,

doch es hilft nichts, dass seine Freunde gehen.

Er überdauert die Zeit,

wundervoll sein mächtiges Wurzelwerk.

Der Stamm sich der vollen Stärke bewusst,

doch es bleibt des schwindenden Frust.

Kannst du sehen, wie sie fallen?

Immer mehr von ihnen gehen,

keines wird es wohl schaffen,

dem Lauf des Lebens zu widerstehen.

Eines hält sich wacker und steht im Wind,

keiner weiß, ob auch dieses verrinnt.

Eine lange Zeit hat unser Baum gestanden,

viele Schicksalsschläge überstanden.

Die Last des Überdauerns hat er am längsten getragen,

so hörst du ihn dem Herbst dann sagen:

Nicht mein letzes Blatt, es gehört zu mir,

mein Herz du schenktest es mir.

Geht dieses Blatt zu Fall,

dann nimm mich auch mit und schicke mir den Donnerknall…

Panta Rhei …

Wildwasser und Wolkenspiel

Wird er einmal versiegen?

Kommt das Fließen zum Erliegen?

Was ist, wenn Unendlichkeit nur in diesem Fluss erscheint?

Kannst du dich der Dinge lösen?

Kannst du kämpfen, auch gegen den Größten?

Wirst du einstehen für deinen Weg?

Auch wenn der Strom gerade abwärts geht?

Die Stromschnellen dich dann finden?

Wasserfälle deine Ängste binden?

Das große Meer dich treiben lässt?

Widerstehst du der Sonne bis zuletzt?

Kannst du mit den anderen Wasserteilchen gehen?

Werdet ihr euch als Regentropfen in den Wolken wiedersehen?

Könnt ihr euch gemütlich tummeln, zwischen den Blitzen fröhlich summen?

Und auf einmal kommt der Knall, und es beginnt der Fall …

zur Erde

Panta Rhei …

Die Mutter hat es gegeben

Mutter Natur hat es gegeben,

wie alles bereits in deinem Leben.

Du betrittst diese Welt und sammelst, was nur geht.

Zwei halbe Zellen sind dein Erbe, den Rest gibt dir die Erde.

Mutter Natur mit ihrem Glanz,

steuert diesen wunderbaren Tanz,

den viele einfach Leben nennen.

Doch wie oft beginnt die Zeit zu rennen?

Wie oft leben wir daran vorbei, wie oft sind wir nicht so wirklich frei?

Wie oft wollen wir uns nicht binden, um dann doch nicht die richtige Bindung zu finden.

Wollen wir uns beklagen?

Haben wir zu wenig ihrer Gaben?

Gab die Mutter uns bereits das ganze Leben?

Was wollen wir ihr sonst noch nehmen?

Kann es sein, dass wir nur leihen?

Weil sich alle Teile einst von uns befreien?

Mutter Natur hat nicht nur zu geben,

manchmal muss sie es sich auch wieder nehmen?

Panta Rhei …

Gewitter

Die Wolken ziehen sich zusammen,

sie türmen sich auf, die Sonne dahinter gefangen.

Das Licht auf der Erde vergeht,

die Elektrizität in der Luft entsteht.

Alle versuchen, schnell von Dannen zu ziehen,

auf dass sie den Zorn des Herbstes nicht ersehen.

Der Wolkenturm erstreckt sich über dem Horizont,

vor dem gewaltigen Wind wird niemand verschont.

Es rauscht und zieht durch die Reihen,

der Wald im Herbst, die Bäume schreien.

Er zieht voran, stürmt den Hügel hinauf,

den Baum zu fällen, nimmt der Wind in Kauf.

Halt Stand und gib mir das Blatt,

im nächsten Jahr hast du Neue satt.

Ich habe mich entschieden, dieses eine hier zu lieben.

Ich gebe es nicht her, ich will kein anderes Schicksal mehr!

Der Sturm, er braut sich auf,

die Blitze zischen in ihrem Verlauf,

sie reißen Löcher in die Luft,

da entsteht ein ganz besonderer Duft.

Einer macht sich nun auf den Weg,

auf den Baum zu, es wär wohl zu spät,

das Blatt, es zittert im Wind.

Halt, ich gehe, dein Schicksal ist nicht bestimmt.

Ich halt dich, wir haben entschieden,

ohne dich ist mir nichts geblieben.

Es gibt viele und alles kann noch sein!

Doch nicht für mich, ich stimmte mit diesem Schicksal ein.

Ein lauter Knall,

Flammen lichterloh,

für sich eingestanden,

am Ende war der Baum so froh!

Panta Rhei …

Vorbestimmt?

Gehst du einen Weg, steht bereits fest, welche Abzweigung für dich steht?

Bist du ins Grübeln gekommen, wird dir die Entscheidung abgenommen?

Ein Baum erwächst aus seiner Saat, doch seine Information, die hatte schon bestand.

Die Eichel wusste wohin sie geht … doch wer entschied, wo diese steht?

Wollte sie auch eine Birke werden, wird sie sich als Eiche nicht beschweren.

Ist ihr Weg so vorbestimmt? Welche Flugbahn auch der Samen nimmt?

Von wo nach wo der Wind grad weht, oder ob er durch Geisterhand auch mal die Richtung dreht?

In welches Leben bist du Mensch gesprungen?

Welche Aufgaben wurden dir aufgezwungen?

Hat der Zufall dich dazu gebracht,

das Schicksal deine Geschichte schon vorab erdacht?

Ist nur der Lauf der Welten vorgeschrieben und

den Pfad wählst du nach Belieben?

Wohin hat es dich getragen, einer meiner liebsten Fragen.

Ist es Magnetismus, der uns leitet, den Boden für die Eiche vorbereitet?

Hat Mutternatur den Baum zu Fall gebracht?

War der Blitz für diese Stelle vorgedacht?

Der Samen sich um ein kleines Stück geirrt,

verrutscht durch einen Regenwurm, der war verwirrt?

Sind beide aus dem gleichen Grund gegangen,

das beste Licht der Sonne einzufangen?

Wie werden wir es wissen?

Im Nachgang durch Vermissen?

Durch Hätte, Sollte und Könnte, alles dann zur Rente.

Ach, deshalb war es gewesen?

Im Nachgang haben wir viele Thesen.

Wie viel sehen wir vom Licht, wenn sich überall der Schatten bricht?

Heute sollt passieren, auch wenn Baum und Blatt noch rebellieren,

hat es Mutter Natur so gewollt, oder hat sie Gott zurückgeholt?

Beide einfach Pech gehabt, der Zufall war nicht ganz intakt?

Ist man ihrem Wunsch nachgekommen, und es wird aus der Asche neu begonnen?

Wohin wird der Weg sie führen?

Können wir den Flusslauf des Lebens wahrlich kapieren?

Panta Rhei …

Wie dem auch sei?

Wenn alles kommt und geht, die Gesetze der Physik man nicht versteht.

So kann doch nichts vergehen, nur in andere Formen übergehen.

Hat Mutter Natur so nicht genommen? Alles seinen Lauf bekommen?

Wollen wir es dann so sehen? Die Physik erneut verstehen?

Können wir der Kosmos Seiten in unseren Gefilden gar so walten?

Ist dann nichts vergangen, nur woanders neu entstanden?

Was ist wenn etwas nicht entsteht, sondern einfach um das Leben dreht?

Wie ist, deine Seele denn entstanden? Wann Körper und Geist sich so verbanden?

Wenn die Seele nicht entsteht, so sie auch nicht vergeht?

Wenn sie nur dazugekommen, wird sie auch nicht in einen Kreislauf aufgenommen?

Mutter Natur hat ihren Willen und die Erde folgt ihren Sinnen.

Alles wird entstehen und in andere Formen übergehen.

Alles, was sie der Seele hat gegeben, wird sicherlich so auch vergehen.

Deine Seele hat dann vorher schon bestanden, weil sich die richtigen Photonen fanden?

Wie ist es mit dem Leben, kann es so vergehen, kann es gar unendlich sein? Warum ist Fließen gar gemein?

Haben wir uns zu sehr an eine Daseinsform gewöhnt, hast dich nicht mit diesem Fluss versöhnt?

Doch wenn alles diese Kreise zieht, warum ist das Leben so beliebt?

Warum haben wir die Neigung was zu halten? Warum müssen sich unsere Gefühle ständig spalten?

Warum haben wir den inneren Zwist, wenn Leben doch so einfach ist?

Wäre etwas im Zufall so geboren, wer hat diesen Gedanken dann erkoren? Wer hat sich alles so erdacht? Wenn es doch so keinen Sinn mehr macht?

Warum bist du dann mit Denken bestraft, wenn alles doch der Zufall macht?

Wieso wenden wir uns ab, wenn wir uns haben doch das perfekte Glück bereits erdacht?

Warum sind sie zurück zur Erde gegangen? Was wollten sie denn neu anfangen?

Warum wurden sie des Griffes entrissen? Warum müssen sie einander nun vermissen?

Können sie daran erinnern, oder verlieren sie für immer?

Haben sie dabei gewonnen?

Etwas dem Kosmos abgeronnen?

Eine zweite Chance verdient, weil keiner sonst dem Leben gibt?

Welchen Kreislauf können wir da sehen?

Was wird Vater Zeit uns noch gestehen?

Was ist, wenn der Zufallswürfel rollt?

Finden wir am Ende des Regenbogens doch einen Topf voll Gold?

Sollt es gar so einfach sein, ein ganzes Leben kämpfen und dann ein …
goldener Schicksalsschlag? Auf einmal beginnt er, dein Tag? In
friedlich schönem Sonnenschein und du lädst all die lieben Menschen
ein?

War es einfach nur ein Stückchen Glück und nichts davon gibt oder gab
dem Leben je etwas zurück?

Dann lass die Würfel öfter werfen, bis das Glück liegt auf den Straßen
…

Panta Rhei …

Aus der Asche

Aus der Asche, welch ein Segen, entsteht wieder neues Leben.

Der große Baum hat Platz geschaffen, um die Sonnenstrahlen wieder herab zu lassen.

Seine Asche nährt den Boden, es freuen sich Mikroben.

Diese geben viele Schätze ab und so sind auch die Regenwürmer gleich auf Zack.

Sie lockern schön die Erde, auf das wieder Neues werde.

Ein Samen aus längst vergangener Zeit nutzt diese einzigartige Möglichkeit …

So regt sich in ihm das Leben, er bildet Wurzeln, um sich in der Erde zu verstreben, sein junges Haupt unbändig nach oben schreitet, allein vom Willen selbst begleitet.

Unermüdlich gräbt er sich nach oben, wie wird sich diese Reise lohnen, über sich hinaus zu wachsen, um dann am letzten Stück der Erde selbst zu kratzen.

Er kann die Sonne schon erspüren, die Wärme sich zu Gemüte führen, ein kleines Stück noch … los jetzt komm … halt nicht ein, da ist dein Lohn … Was machst du? Warum bleibst du stehen? Musst doch nur ein kleines Stück des Weges gehen.

Er glaubt, er kann es nicht schaffen, ist zu klein um etwas Bedeutendes zu hinterlassen. Der Weg hat so viel Kraft genommen, kann er sich denn nun nicht einfach sonnen? Sich der schönen Seite des Lebens ergeben, aufhören ständig nach Höherem und mehr zu streben?

Ist aus Asche auferstanden, seinen Weg allein gegangen, doch zum Ende hin fehlte die Kraft, weil das Gefühl der Sonne es allein nicht schafft, dass seine Adern stark pulsieren, seine Wurzeln ihn nach oben führen und so wird er wieder gehen, ohne jemals das wahre Licht zu sehen.

Panta Rhei …

Werden …

Werden, werden, werden sein … vergehen.

Wolltest du das Leben so verstehen?

Werden, werden, werden sein … vergehen.

Halt jetzt! Was soll der Scheiß, bleib stehen!

Werden, werden, werden sein … vergehen.

Fang an, diesem Gedanken zu widerstehen!

Werden, werden, werden sein … vergehen.

Mutter Natur wollte, dass wir es verstehen!

Werden, werden, werden sein … vergehen.

Welche Mutter möchte dich im Sterben sehen?

Werden, werden, werden sein … vergehen.

Alles wird, du wirst schon sehen!

Werden, werden, werden sein … vergehen.

Vielleicht kann man auch nicht nur nach oben gehen?

Werden, werden, werden sein … vergehen.

Ach jetzt komm, ich lass mir nicht diesen Gedanken sähen.

Werden, werden, werden sein … vergehen.

Was muss nur geschehen?

Werden, werden, werden sein … vergehen.

Wir sind doch alle zu Höherem ersehen!

Werden, werden, werden sein … vergehen.

Vielleicht greift noch etwas ein, in das Geschehen.

Ich wär bereit für diese höhere Macht.

Bitte! Mach, dass ich es schaff.

Werden, Werden, werden sein … vergehen.

Ich will, ich kann, ich werd es schaffen,

du musst mir nur die Chance lassen!

Einen kleinen Lichtblick, der reicht doch schon.

Ein: Komm halt aus, mein lieber Sohn!

Eine hoffnungsvolle Kraft, die dieses Tal zu überwinden schafft.

Werden, werden, werden sein … vergehen.

Nur … ein ganz Kleines … Es darf so nicht geschehen?

Nur ein … Für mich wirst du überdauern?

Ein ... Vielleicht wird alles gut?

Wenigstens ein … Ich weiß nicht was kommt, doch habe weiter Mut?

Werden, werden, werden sein … vergehen.

Du hast ja Recht, es wird nichts mehr geschehen …

Panta Rhei …

Der geduldige … (Narr?)

Warten auf den richtigen Moment, jenes Zeichen, welches sonst kein anderer kennt.

Hast es gesehen, willst deinem Gefühl vertrauen, so harrst du aus, um deine Zukunft im richtigen Moment zu erbauen.

Es regnet, doch es perlt von deiner Haut, wenn auch niemand sonst auf dieses Gefühl vertraut.

Hast es gesehen, deinen Blick auf die Zukunft gerichtet, auch wenn kein anderer die Sonne hinter diesen Wolken sichtet.

Lässt dich nicht beirren, auch wenn der Winter mit dir bricht, ist es noch so kalt, dein Vertrauen niemals erlischt.

Geduldig wartest du und siehst die Zeit vergehen, vielleicht würde niemand sonst dieses Warten überstehen.

Die Sonne, sie wird kommen, und dann wird ihm endlich diese Finsternis genommen.

Ich wünschte, mein Freund, du hättest einen anderen Platz zum Warten genommen, wie bist du nur in diese Höhle gekommen; und noch eins, das weißt du nicht, hier gab es seit tausenden Jahren kein einziges Licht.

Panta Rhei …

Manchmal wünscht ich…

Einmal noch, da dieser eine Moment.

Ach was, die Zeit nicht immer rennt.

Einmal noch, nicht den gleichen Fehler machen.

Ach, was muss ich nicht manchmal über mich selber lachen.

Zweimal leben, wär das was?

Mit dem Wissen aus dieser Zeit, was für ein Spaß.

Zweimal und dann keine Fehler machen.

Mit dem Gedanken lässt man es richtig krachen.

Wenn ich mir nur wünschen könnt …

Ach, hätt ich nur gewusst …

Könnte ich das nur ungehemmt …

Warum bleibt als einziger der Frust?

Wenigstens der eine Augenblick … ja, welcher nur…

Doch! Ich denke dieser eine da, der Fehler ist mir nun so klar.

Könnt ich es erneut durchleben, würd ich heut ganz anders streben.

Ich würde viele Dinge endlich tun, würde aufhören mich auf meinem Gejammer auszuruhen.

Ich würde endlich anfangen zu begreifen … Oh mein Gott und Herrschaftszeiten!

Ich würde dann endlich voll beginnen, nur eine Chance und ich bin drinnen.

Mitten im Leben würde ich stehen, meine Karriere würde steil nach oben gehen.

Manchmal, so wünschte ich mir von dir:

Du startest endlich JETZT UND HIER!!!

Panta Rhei …

Aus der Asche?

Nein! Ich werde nicht aufgeben!

Mir egal, ob eines oder tausend Leben!

Jetzt und hier ist mein Moment!

Ich lebe und kämpfe ungehemmt!

Beiseite da, du Erde, auf das ich endlich werde!

Ich mag nun erblicken, was mich lange glaubte zu verzücken.

Immer war diese Wärme zu spüren, und es war, als wollte es mich nach oben führen!

Woher soll ich wissen, was mich da erwartet, doch wofür hab ich diesen Weg gestartet?

Ein innerer Kompass hat mich umgeben, so stand die Reise in mein Herz geschrieben.

Nein! Ich werde nicht aufgeben!

Mir egal, ob eines oder tausend Leben!

Jetzt und hier ist mein Moment!

Ich lebe und kämpfe ungehemmt!

Es ist doch nur ein kleines Stück, was hält mich fest, ich werd verrückt.

Nun weiß ich doch, wie es geht, warum bekomm ich nichts bewegt?

Was ist nur verkehrt mit mir, gehör ich vielleicht doch nicht zu dir?

Gehör ich nicht in diese Welt, war der Zufall zum falschen Moment bestellt?

Nein! Ich werde nicht aufgeben!

Mir egal, ob eines oder tausend Leben!

Jetzt und hier ist mein Moment!

Ich lebe und kämpfe ungehemmt!

Natürlich gehöre ich hierher!

Jetzt geb ich einfach noch viel mehr!

Ich grabe mich nach oben, auch wenn es würd sich nicht lohnen!

Ich hab entschlossen, diesen Pfad zu gehen!

Jetzt oder nie, es wird geschehen!

Nein! Ich werde nicht aufgeben!

Mir egal, ob eines oder tausend Leben!

Jetzt und hier ist mein Moment!

Ich lebe und kämpfe ungehemmt!

Was ist das? Der letzte Brocken fällt … der Sonnenschein kommt wie bestellt. Wie schön ist es in ihrem Licht zu baden, ich könnt nicht einen Tag länger darauf warten. Ein Glück bin ich gewachsen und konnte es nicht lassen. Vielleicht schien es einmal ungeschickt, doch ich kämpfte für mein Glück … nun ist sie da, das Licht auf mir … wunderbar!

Panta Rhei …

Elfenkönig: Zum Glück hat er es geschafft.

Mutter Natur: Ich hab mir schon gedacht, vielleicht war die Last auf seinen Schulter etwas zu schwer gewesen.

Elfenkönig: Warum machst du das mit dieser Last im Leben?

Mutter Natur: Ohne Last, kein Wachstum, kein Leben … viel mehr noch vermag es gar zu geben. Lass mich die richtigen Worte finden und sie an dieses Buch hier binden.

Die Last auf deinen Schultern

Wie ist es so frei im Weltraum schwebend?

Keine Last dir je begegnend?

Du schwebst frei und unbestimmt,

ohne Ziel, die Zeit verschwimmt.

Wie wär es in einem Menschenleben, wenn sie dir einfach alles geben?

Wenn du für nichts selbst einstehst, keinen Weg alleine gehst.

Wie sehr lernst du, auf dich zu vertrauen, wie sehr kannst du auf dich selbst dann bauen?

Wie sehr hältst du dem Leben stand, wie schnell reißt nicht gar dein Lebensband?

Was kannst du wirklich,

durftest du nie alleine lernen?

Was kannst du wirklich, stand doch auch dein Schicksal einst in den Sternen…

Was passiert, wird dem Baum keine Last gegeben,

woher sollen die Wurzeln wissen, wohin sie streben?

So wächst der Baum dem Druck entgegen, mit seiner Last beginnt sein Leben.

Was ist mit dir, mein liebes Menschenkind,

ist es nicht Last, die dir den Selbstwert gibt?

Ist es nicht die Brücke, über die du schreiten kannst,

die wahre Größe, mit der du fliegen lernst?

Wird es sein, dass Stärke dich begleitet, jedes Mal, wenn du einen Schritt mit deiner Last so schreitest?

Wird der Baum nicht auch erst mächtig werden, nachdem viele Stürme an ihm zehrten?

Können wir denn wirklich schätzen, wofür wir uns nicht erst verletzen?

Muss dein Herz nicht Schmerz ertragen, dass du wirklich kannst zur Ewigkeit dein "Ja" auch sagen?

Ist nicht Leid, was Mitleid schafft? Ist Mitleid nicht eine unglaublich verbindende Kraft?

Sollten alle nicht verbunden sein, sich zum friedlichen Leben einen?

Du wirst irgendwo deinen Weg beginnen.

Mit mehr oder weniger viel Last dich einstimmen?

Nein!

Du wirst irgendwo deinen Weg beginnen.

Vielleicht kannst du einen goldenen Löffel finden?

Nein!

Du kannst überall deinen Weg beginnen.

Doch du wirst dich immer mit der gleichen Last wieder finden!

Kannst du die Last in einem anderen Leben nicht sehen?

Wie auch, kannst du es denn wirklich verstehen?

Was hat dich deine Last nicht alles gelehrt?

Was lief für deine Stärke nicht alles verkehrt?

Was ist, wär sie nicht gewesen?

Hättest du dann sicher ein schöneres Leben?

Wüsstest du zu schätzen, was du zu schätzen weißt?

Würdest du um die Dinge kämpfen, die du zu lieben weißt?

Was also ist er, der Preis?

Wo ist die versteckte Last, die, bei der du es gerade nicht mal schaffst, sie in den anderen Wesen zu sehen?

Wonach willst du streben, hast du alles in deinem Leben?

Was soll dich erheitern?

Verhindern alle für dich die Gefahr zu scheitern.

So ist es auch eine Last, wenn du keine hast.

Der Kampf besteht darin, in allem einen Sinn zu finden.

Dich selbst zu hinterfragen, welche Geister könnten mich da plagen?

Warum bin ich, wie ich bin, welche Last nehm ich da hin?

Wie kann ich wieder streben, wie find ich den Sinn nur für mein Leben?

So ist Last, was Streben und Entwicklung schafft.

Ohne sie würde es nicht gehen, wir blieben in unserer Entwicklung stehen.

Wir wüssten nichts zu tun, wären faul und würden den ganzen Tag nur ruhen.

Könnten dem Leben nichts wirklich abgewinnen und so wären wir auch schnell von Sinnen.

Deshalb habe ich die Last erschaffen, denn eine Last gilt es noch gemeinsam zu packen!

Ich möchte sie doch alle wachsen sehen,

alle sich entwickeln, so wunderschön.

Ich möchte stolz auf meine Kinder sein,

damit sie einst die Erde von ihrer Last befreien.

Damit dann endlich alle Seelen, hier in Frieden leben!

Panta Rhei …

Erhebe dich mit der Last auf deinen Schultern und dir werden Flügel erwachsen, mit denen wirst du stark genug sein, die ganze Welt zu tragen!

Elfenkönig: Ich habe es so noch nicht gesehen.

Mutter Natur: Ich bedenke oft das mögliche Geschehen. Eine jede Prüfung mag immer noch ein wenig schwerer sein, doch schaffst du alle, kannst du dich in die Halle der Helden reihen.

Elfenkönig: Doch was, wenn ihr eine Prüfung auferlegt, bei der es keinen Sieger gibt? Warum hast du das mit dem Baum getan, warum liest du den Blitz herniederfahren?

Mutter Natur: Ein jeder kann der Sieger in jeder Prüfung sein und leider können sie sich auch nur selbst aus der Situation befreien. Manche tragen in frühen Jahren bereits eine schwere Last, doch wenn solch ein Wesen es dann schafft … aufzustehen, wird er mit unglaublicher Stärke durch das Leben gehen. Der liebe Baum mit seinem Blatt, das fand in Übereinstimmung mit ihm, als sein Schicksal statt.

Elfenkönig: Du meinst Panta Rhei?

Mutter Natur: Alles fließt und nichts vergeht, das ist, weshalb dort nun der ewig blühende Baum des Lebens steht!

Elfenkönig: Das heißt, die Erde hat ihn wieder? Der Kreislauf schließt, es kommen alle wieder?

Ein Kreislauf des Lebens

Sein mächtiges Wurzelwerk bis tief in die Erde verzweigt, auf das jeder Zentimeter dieser Welt sich mit ihm eint.

So findet das Wasser aus den Tiefen seinen Weg, auf das kein einziger Tropfen dem Kreislauf des Lebens entgeht.

Die Wurzeln, sie pumpen es hoch hinaus, durch den Stamm in die Blätter, und sie atmen es aus.

Die Essenz des Lebens nehmen sie mit, ihre Reise nach oben, welch himmlisches Glück.

In den Wolken sammeln sie sich und laden sich auf, mit was? Kommst du nicht drauf?

Die Sonne gibt ihren Teil dazu, die Informationen des Universums und dann kommst erst du.

Sie scheint doch unermüdlich von oben herab, die Wolkendecke fängt die Informationen dann ab.

Die Schnellen von ihnen finden als Regen ihren Weg und zeigen einem jeden Bauern, was auch für dich hier geschrieben steht.

Mit dem Regen kommt das Leben auf die Erde, auf das alles wieder gedeihe und werde. Der Applaus des Himmels steckt in ihm drin, setzt dich doch einmal an dein Fenster hin. Lausche den Geräuschen des Lebens, wer weiß, wo jeder einzelne Tropfen bereits gewesen ist.

Die Langsamen tanzen als Schneeflocke auf die Erde herab und halten die ewigen Kinder in uns auf Trapp. Sie zeigen, wie einst alles begann, denn das Kind in dir hört weder auf, noch fängt es an.

Auch tragen sie Geschichten in ihrer Form, auch diese Information geht niemals verloren.

Mit der Sonne zusammen geht es in die Erde zurück, der Baum schließt den Kreislauf, was haben wir nicht ein Glück.

Panta Rhei ... alles fließt, nichts vergeht!

Geben und Nehmen

Es beginnt mit einem Geschenk.

Es wurde dir gegeben, wenn man es richtig bedenkt.

Hast du danach verlangt? Einen Vertrag unterschrieben?

Viele dieser Informationen sind bisher auf der Strecke geblieben.

Was machst du nun damit?

Wofür ist es gut, all diese Fragen, doch wenn es sonst keiner tut?

Was also fangen wir damit an? Was glaubst du, hätte der beste Mensch den du kennst, damit getan?

Wie wäre es, wenn wir es ebenfalls so sehen, wenn wir mit diesem Geschenk sehr respektvoll umgehen.

Wenn wir es nutzen, um etwas wieder zu geben, denn so schließt sich wieder ein Kreislauf im Leben.

Achtest du das Geschenk des Lebens, oder war der Einsatz bei dir vergebens?

Altruistisch sollte kein Geschenk sein, so kann auch die Erde es nicht so meinen. Doch ich denke, es wäre fair, geben wir ihr wenigstens keinen Schaden mehr!

Panta Rhei ... alles fließt, auch Geschenke!

Kapitel 3: Das Geschenk des Lebens

Die Winde und die Umarmung der Erde zogen auseinander was zusammen gehörte.

Eine Last auf der Schulter, die haben sie nun, sie zu überwinden, wem schadet das schon?

Die Mutter selbst hat sie auferlegt:

"Nun beendet die Suchen, für euch ist es noch nicht zu spät."

Suchen, suchen und nicht finden

Wo bin ich? Was wollt ich? Wie kam es, was sollt ich?

Kann mich nicht recht entsinnen, fühle nur, ich habe eine Reise zu beginnen.

Kenn den Weg nicht, weiß nicht mal, wie man geht.

Kann nicht krabbeln und meine Augen öffnen ... wer zeigt mir den Weg?

Dinge zu tun und innerlich getrieben, ein Entwicklungsprozess? Seid ihr auf der Strecke geblieben?

Wer sagt, dass ich muss? Wie kann ich mich wehren? Wenn da nicht diese komischen inneren Dinger wären.

Ich fühle als müsst ich, komm nicht dagegen an, eine Art Sog in eine Richtung, so fühlt es sich an.

Ich will doch nicht und komme nicht aus, naja, dann öffnen wir mal die Augen und machen das Beste daraus.

Mutter Natur: Arme Seele, hast deine Verbindung gefunden, doch ohne Erinnerung wirst du diese Welt auf das Neue erkunden. Wirst suchen ohne zu wissen, dass du suchst, wirst getrieben dich fühlen, was auch immer du tust. Werd dir deiner Suchen gewahr, beende sie und das Glück ist für dich da. Höre auf dein Herz und lass dich vom Magnetismus leiten, er wird dir hoffentlich mehr Freude als Leid bereiten.

Elfenkönig: Einst schrieben wir die schönsten Zeilen, vielleicht finden wir Erinnerung, darin zu verweilen. Unsere schöne Welt versteckt sich hält, doch mit jeder Erkenntnis du wirst es sehen, ist unsere Existenz nicht auszuschließen, daher wirst du verstehen.

Wir begleiten dich, so gut wir können und dass wir dir das größte Glück nur gönnen.

Dein Seelenpartner hat den gleichen Weg, ihr werdet zeigen, dass Unendlichkeit geht.

Die Gebete des Lebens

Alles Glück soll euch gehören, wenn wir könnten, wir würden schwören, doch leider ist dem nicht so, selbst wir sind froh, wenn dieses Lebensintervall den Frieden findet.

Überall wo wir können, werden wir euch Zeichen senden, auf dass ihr des rechten Weges seid.

Das wahre Glück zu finden und euch als Seelen wieder aneinander binden, das wär für uns so schön zu sehen.

Leider, so mussten eure Erinnerungen gehen, damit ihr des Menschen Potenzial offenbart.

So geht unvoreingenommen und besonnen euren wundervollen Weg, zeigt den anderen Menschen erneut wie es geht.

Eurem Herzenslicht zu folgen, der wahre Weg so golden, dem Magnetismus wohlgetan, so fängt mit euch eine neue Ära an.

Wie schön wär es zu sehen, wenn alle Menschen Respekt und Demut lernen, sich nicht mehr voneinander entfernen, sich an die Hände nehmen und ihren Weg gemeinsam gehen.

Was wird es nicht schön, wollt ihr es nicht auch so sehen?

Wollt ihr euch nicht eurer Liebe wieder bekennen, den anderen beim schönsten Namen nennen?

Euch nicht als selbstverständlich sehen, gemeinsam durch sämtliche Herausforderungen gehen und eure Liebe, wie nichts sonst auf dieser Erde, ehren?

Was wird sich dann auf diesem Planeten mehren?

Liebe und Menschlichkeit, zurückbesinnen an die Zeit, das wahre Glück, den Seelenpartner finden und in gemeinsamen Projekten den Sinn dieses Lebens ergründen, respektvoll mit allem sein, damit auch andere Seelen sich wieder mit der Harmonie vereinen!

Vater Zeit: Ich hoffe, sie werden die erste Suche beenden.

Urvertrauen

Auf dieses Fundament wird deine Welt errichtet, es ist so wahr, dass eine Seele ungern darauf verzichtet.

Ein Familienteil, deine Mutter so meist, ist eine gute Grundlage, die in des Lebens Richtung verweist.

Mit dieser Säule in deinem Leben wirst du viele Herausforderungen überstehen.

Der Rückhalt und der Kern deines Lebens, mit Urvertrauen zu diesem Menschen, es bereits wunderschön ist.

Hast du sie nicht, kannst du sie nicht finden oder konntet ihr euch nicht mit Urvertrauen aneinander binden?

Dein Vater kann einen weiteren Teil dazu geben, mit beiden stehst du dann auch recht fest im Leben.

Lassen sie dich wachsen und führen dich zugleich, bist du mit deinem Schatz an Erfahrungen unglaublich reich.

Wenn beide das Beste nur für dich wollen und was auch immer ihre Gedanken so bewirken sollen, dein Weg ist von Verständnis geprägt. Sie zeigen dir mit gutem Beispiel, wie vieles geht.

Hast du sie nicht, kannst du sie nicht finden oder konntet ihr euch nicht mit Urvertrauen aneinander binden?

Sind beide nicht für dich zugegen, wird möglicherweise etwas fehlen. Gejagt und getrieben könntest du dich fühlen, siehst nur, dass alle in deinen Gedanken versuchen zu wühlen. Ohne Rast und ohne Ruh, innerlich gehetzt schau dir selbst nur zu…

Lehnst du dich zurück? Wirst du dann fallen? Niemand da, um dir den Rücken frei zu halten? Eine Freundin, ein Freund, dein Mann oder deine Frau sind immer zugegen, das weißt du ganz genau?

So hast du auch da deine Wegbereiter, mit Urvertrauen lebt es sich heiter.

Hast du sie nicht, kannst du sie nicht finden oder konntet ihr euch nicht mit Urvertrauen aneinander binden?

Dieses Vertrauen prägt ein besonderes Maß, es ist nichts, was jemand einfach so besaß. Es ist das maximale Vertrauen, das man sich verdient, weil man diesen Menschen wirklich bedingungslos liebt. Niemals würde man ihm etwas Schlechtes tun, so spüren sie, sie können friedlich in deiner Nähe ruhen. Konntest du jemand anderen dieses besondere Gefühl geben, erfüllst du bereits eine andere Suche in diesem Leben.

Hast du jemanden, auf den du vertraust, über alle Maßen bis in jegliche Welten hinaus?

Hast du sie nicht, kannst du sie nicht finden oder konntet ihr euch nicht mit Urvertrauen aneinander binden?

Das Urvertrauen an Menschen zu binden, ist weise, und du wirst es immer wieder finden. Es ist nicht leicht und selten meint es jemand mit dir so gut, doch lies ruhig weiter, denn es besteht Grund zur Hoffnung, nur Mut!

Es gibt da etwas, dem ich vertrau, auf das ich alle meine Welten bau. Sicher, es hat mich manchmal schon im Stich gelassen, doch im Nachhinein muss ich über die Momente lachen. Im Nachgang hab ich es anders gesehen, denn ohne die eine oder andere Weiche, wäre vieles nicht geschehen.

Mein Urvertrauen gehört dir, denn du schenktest mir dieses Leben hier.

Das Leben selbst hat mich vor allen gefunden, so möchte ich dir mein Urvertrauen bekunden. Möchte nicht hinterfragen, wenn sich eine Weiche stellt, ich akzeptiere, dass der Weg in eine Richtung fällt und mein Bestes zu geben, bin ich immer gewillt!

Mutter Natur: Jedes Kind auf dieser Welt weiß leider zu spät, welchen Schatz es in seinen Händen hält. Für alle Kinder bin ich doch da, ob als Regenbogen oder trübes Wolkenpaar. Ich begleite dich auf all deinen Wegen, bei jedem Spaziergang bin ich zugegen. Komm mein Kind, komm in den Wald hinein und meine Heilung ist ganz sicher dein.

Der heilende Wald

Ein Pfad führt zwischen die Reihen der Bäume, allein dieser Anblick … voller Träume.

Mächtig ragen sie nach oben empor, hinter ihren Kronen lächelt allmählich die Sonne hervor.

Der Wind flüstert dir entgegen: Komm tritt nur ein, für ein besinnlicheres Leben.

Einige Schritte nach vorn sind schon getan, wie fühlen sich die Steine unter deinen Füßen an?

Wie ist es, kannst du den frischen Wind schon spüren, lässt du dich von den Geräuschen des Waldes verführen?

Es sind nicht nur Geräusche in der Luft, da sind die Kommunikatoren der Bäume, dieser himmlische Duft…

Sie reden auch mit dir, glaubst du mir nicht? Bleib kurz hier.

Du stehst direkt vor dem Weg. Hinein, tief durchatmen, wie wird es für deinen Körper sein?

Kannst du ihre Botschaft nicht hören, doch jede deiner Zellen würde darauf schwören.

Sie kennen die Worte, sie hören sie rufen, du sollst endlich tiefer in den Wald gehen und weitere Heilung ersuchen.

Wandel hinein und lass deine Gedanken sich lösen, du bist hier der Kleinste unter den Größten.

Lass sie von dannen ziehen deinen Körper sich befreien, vom Stress erlöst wird er sich von alleine bereits heilen.

Blicke sie an, die majestätische Welt, setz dich hin zum Träumen, bis dich gar nichts mehr hält.

Lass die Augenlider fallen, folg deinen Sinnen und erlaube dir, jeglichen Gedanken zu spinnen.

Welche Welt würde sich für dich ergeben, wäre alles perfekt in deinem Leben?

Mutter Natur hört dir zu, mit einem sanften Wind streichelt sie dir die Wange im Nu.

Was hält dich ab, diesen Weg zu gehen, ist allein das Wandern in diese Richtung nicht bereits wunderschön?

Leg dich hernieder, schieb deine Arme von dannen, lass dich einmal mehr von dieser zauberhaften Welt einfangen.

Elfenkönig: Mögen sie alle finden wonach ich noch immer suche. Wenigstens weiß ich, wen ich mit meinem Herz ersuche. Liebe Königin, halt dich nicht von mir fern, gegen die Kraft deines Kusses konnte ich mich nicht wehren.

Küsse werden verbinden

Wenn zwei Leben sich beginnen zu finden,

ihre Gedanken sich immer wieder um den anderen winden.

Dann findet sich der Welten Lauf, vielleicht so kommt ein Schicksal oben drauf.

Wir können weder sagen noch wissen, außer dass wir einander unglaublich vermissen.

Die Zukunft können wir nicht ahnen, doch den Weg in eine bahnen.

Weißt du, wir stehen vor einem dichten Blätterwald, ein Ruf kaum durch die Wipfel hallt.

Doch wir beide können an den Händen fassen, den Wald mit unserer Energie erblassen.

Dem Leben zeigen, wir sind da, und so öffnet sich der Pfad fürwahr.

Die Bäume rücken auf die Seite, und der Weg erscheint in ganzer Breite.

Sodass wir können nebeneinander gehen, um alle Herausforderungen zu bestehen.

Gemeinsam kann man Großes schaffen, auf dass Sonne und Mond den Mut nur fassen.

Lange kreisten sie auf einer Bahn, zogen mehr und mehr einander an.

Doch irgendwann du weißt es schon, kam es zu einer kleinen Explosion.

Es war die Kraft gefunden und für den Moment die Mauer der Zeit überwunden.

Ineinander fest verschlungen haben die Lippen sich gefunden,

mit der Berührung verbanden sich die Seelenleben, zwei Herzen zu einem, sowas soll es geben.

Sie finden einander mehr und mehr, bis das, geben Königin und König sich nicht mehr her.

Kommt es wirklich zu diesem Tag? Ist es, was die Kraft der Gedanken vermag? Eine Visualisierung ohne Gleichen, mit diesen Sätzen wird einer der Bäume bereits weichen.

Viele Reisen sind erdacht, bei allen Gedanken mein Herz das Folgende macht:

Es sieht dich und mich bereits im Olivenhain, so kann es nicht mehr lange sein, bis die Träume ihren Weg erfinden und sich in unsere Realität einbinden.

Die Kraft der Herzen endlos scheint, solange man sich auf diese Weise miteinander vereint.

Vater Zeit: Man kann versuchen, dagegen anzukämpfen oder man erkennt des Bewusstseins Grenzen, wenn das Herz etwas wirklich will, bringt jeglicher Widerstand nicht viel.

Mutter Natur: Eure Herzenslichter mögen stärker werden, gemeinsam, das größte Glück auf Erden.

Elfenkönig: Ich danke für eure schönen Worte, wäre mein wahr
gewordener Traum nur an diesem Orte. Einen Moment nur möchte ich
haben, einen einzigen um ihr zu sagen:

Für dich

Für dich schlägt mein Herz,

Gedanken fallen wie Blätter, nicht nur im Herbst.

Für dich an jedem Tag,

weil ich dein Lächeln so sehr mag.

Für dich ein jeder Atemzug,

deine Nähe tut so endlos gut!

Für dich, und ich sag es gerne immer wieder,

schreib ich Gedichte und wenn es sein muss, auch Lieder.

Für dich wachs ich gern über mich hinaus,

immer zu wenig Zeit, doch wir machen das Beste daraus!

Mit dir mag ich gemeinsam sein,

für immer, ein Leben stellt sich ein.

Mit dir möchte ich immer erwachen,

was könnte man Schöneres an einem Morgen machen?

Mit dir find ich auch nachts zur Ruh,

kein Wunder, denn der schönste Traum bist du!

Mit dir, so lass uns feiern jeden Tag, jeden einzelnen Moment bis der Letzte naht.

Mit dir geh ich auf jede Reise, von Luftschlössern, zu Kellern und in die Wolken hinauf!

Wir gemeinsam geben uns niemals auf!!!

Vater Zeit: Welche schöne Zeilen du doch findest, auch wenn ich sagen muss, dass du dein Leid doch gerne an mich bindest. Die Zeit ist eine Notwendigkeit und treibst du auf den äußeren Bahnen, gibt Unruhe dir gerne Geleit. Du musst eines nur verstehen, Zeit ist für all jene, die sich mit dem Zeiger außen drehen. Kannst du Vergangenheit, Gegenwart und Zukunft in einem Augenblick vereinen, wird die Uhr nie wieder ein Problem für dich sein.

Elfenkönig: Also muss auch ich vertrauen, mir ein Fundament des Lebens bauen? Ach, ich wär doch so gerne mit ihr, können wir nicht zurück zum Wir? Kannst du nicht ein kleines Stück nur am Zeiger drehen, ein ganz kleines bisschen, es wird schon keiner sehen.

Vater Zeit: Willst du wahrlich in die Vergangenheit zurück? Für einen Moment in dieses Glück? Ich lass dich gerne gehen, doch die Zeit wird dort dann auch nicht stehen. Es wird sein, wie einen Film zu schauen und vor den Folgen des Drehbuches wird es dir jetzt schon grauen. Du wirst das Überdauern noch einmal erleben, willst du wirklich zuschauen, wie aus einem anderen Leben?

Mutter Natur: Vertraue darauf, dass es kam, wie es kommen sollt. Stell dir vor, es könnte nicht besser werden, wie wäre das Leben hier auf Erden? Kannst du es sehen, dieses Licht, die Hoffnung die düstere Gedanken bricht? Bist du überzeugt von deiner Königin, so gib ihr Zeit und euer gemeinsamer Weg wird beginnen.

Vertrauen

Es ist schwer zu vertrauen, denn normal muss man ein stolzes Fundament erbauen.

Es gehen Angst und Furcht allein mit der Überlegung einher, denn man wird verletzlich und traut sich nicht mehr.

Hast du einen Schmerz in deinem Herzen? Hast du Sorge vollkommen zu vertrauen, denn Naivität möchtest du nicht in dein Fundament einbauen?

Wer kann sagen, du bist naiv gewesen? Wie solltest du oder konntest du die Zukunft lesen?

Es ist doch für dich, dein eigenes Leben, dein größtes Glück ist schon fast zugegen.

Vertrauen zu schenken, wenn dein Herz es dir sagt, tu es, denn dein Glück ist jenes, das naht.

Es ist nicht leicht, wir alle werden es wissen, selbst in dieser Fabelwelt lässt sich manches vermissen.

Können wir abwägen, einen anderen Gedanken pflegen? Was wäre wenn? Beginnst du zu überlegen?

Hast du das Bedürfnis, diesem Menschen zu vertrauen, dann lass es dir nicht nehmen, du würdest eh keine anderen Fundamente erbauen.

Eine Überlegung, ob oder ob nicht, schafft doch den Zwiespalt an sich.

Wer entscheidet, ob du vertraust? Du selbst, genau so schaut es aus!

Schließ deine Augen und denke an die deine Person, mit welchen Gefühlen wirst du dich für den Gedanken belohnen?

Was kommt dir als erstes in den Sinn?

Dieses Lächeln und du schmilzt dahin?

Was hast du zu verlieren?

Wohin kann dich diese Liebe entführen?

Gib selbst, was du einst zu haben gedenkst, magst du vertrauen, dann nur, indem du welches schenkst.

Jedes Leben darf ein Märchen sein …

Mutter Natur: … und so solltet ihr beide euch für den Moment entzweien.

Vater Zeit: Du willst doch nicht zurück, du willst nach vorn nur gehen, dann solltest du aufhören, wie angewurzelt auf der Stelle zu stehen. Handle, als würde sie in deine Arme kommen, handle als hätte sie dein Aufgebot angenommen, zeig ihr, dass deine Liebe die größte Kraft auf dieser Erde ist, vertrau deinem Gefühl, und dein Schicksal ist dir bereits gewiss. Der Weg, auf dem du dich befindest, wird es dann sein, imstande dich von allen schlechten Gedanken zu befreien.

Elfenkönig: Ihr habt Recht, ich darf ihr und dem Leben vertrauen. Ich möchte doch mit ihr gemeinsam das Schloss erbauen. Mit ihr gemeinsam möchte ich dieses Märchen leben und so warte ich, bis sie bereit ist, diesen Weg zu gehen.

Mutter Natur: Eines verrate ich dir, es ist ein Märchen, so glaube mir. Sie weiß es genauso sehr wie du, daher ist sie weg und schaut nun zu, dass sie dem perfekten Märchen gerecht werden kann, denn eure Königin möchte, dass euch immer Recht getan.

Elfenkönig: Ein innerer Frieden stellt sich ein, so wird es immer dieses Märchen sein.

Vater Zeit: Was wohl aus unseren gefallenen Sternen geworden ist?

Mutter Natur: Lass uns schauen, ich denke, sie beginnen langsam auf ihre eigenen Fähigkeiten zu vertrauen. Sie wachsen und gedeihen, der Traum des Engels wird sie freien.

Die Suche der Nahrung

Eine Suche, die dem Wachstum zu Grunde liegt,

du nimmst auf, was Erde um dich herum bewegt.

Alles Dinge, die ein Teil von dir werden, allein um den Anteil der Erde in dir zu mehren.

So wächst du und expandierst zu voller Größe heran, eine Erfahrung, die selten schnell genug gehen kann.

Dabei ist dieses Wunder so wundervoll zu sehen, selten wünschen wir uns vom Vater, die Zeit möge stehen.

Deine Nahrung wird dir helfen, dich zu erbauen, so solltest du auf beste Bestandteile nur vertrauen.

Das ist alles, was dir Nahrung zu geben vermag, mehr wird nicht draus, doch die Probleme sind arg.

Viele von uns wollen mehr expandieren und so beginnen wir die Haltung zu verlieren.

Sie verschieben die Ressourcen der Welt, wodurch am anderen Ende etwas fehlt.

Dabei haben wir alle genug zum Überleben, was bitte soll dir Essen sonst noch geben?

Einen Genuss, eine Belohnung, die sofort vergeht?

Wie auch sonst, wenn dein Mahlwerk nicht steht.

Belohne dich auf andere Weise, wie erfährst du noch auf deiner weiteren Reise.

Vater Zeit: Seht ihr, würde die Zeit nicht vergehen, wie könnte die Welt dann mit den niemals satten Menschen überstehen? Gier, Verzweiflung oder vom Alleinsein getrieben, ist ihnen doch mehr als nur das Essen geblieben.

Mutter Natur: Ich wollte dafür sorgen, dass jeder etwas hat, doch durch die Verschiebung bekommt man mancher Orts nicht einmal die kleinen Kinder satt.

Selbst wenn, füttert man sie in ihr Verderben hinein, viel zu viel Zucker, das darf nicht sein. Gemüse und Obst hab ich gegeben, feiert doch bitte mit Frische euer herrliches Leben.

Elfenkönig: Einst wird es sich selbst regulieren, wir dürfen nur hoffen, es dauert nicht mehr all zu lang, bis sie dieses kapieren.

Vater Zeit: Wären die Suchen bei allen erfüllt, wären sie auch nicht so gequält.

Die goldene Suche der Geborgenheit

Eine Kraft, die vieles zu richten vermag, mit ihr vergeht und nicht vergeht ein jeder Moment, ein jeder Tag.

Die Zeit vermag an Ort und Stelle zu stehen, denn niemals würdest du aus diesem Moment vergehen.

Es hält dich, du fühlst dich sicher, Zuhaus.

Ich hoffe, man gibt dir einen Vorgeschmack bereits aus frühester Kindheit heraus.

Bist du gewachsen, hast deine Zellen gemehrt, beginnt die Suche, die sich sicher bewehrt.

Das Gefühl, mit dem einen Menschen zu sein, der aus deinem Traum, er wird mit dir die Unendlichkeit befreien.

Es wird egal sein, ob eine Uhr sich dreht, ihr beide seid vollkommen, und so wird dieser eine Moment nur gelebt.

Vergessen, vergeben, alles wird nichts sein, wenn sich eure Arme wieder ineinander vereinen.

Angekommen, mit der einen Seele zu sein, diese Endlosigkeit willst du niemals verneinen.

Elfenkönig: Es ist geschehen, sie haben das Licht im Traum gesehen.

Suchende: Was war das für ein Traum? Ich muss los, mein Zuhause erbauen. Wo soll ich hin? Welche Richtung darf ich gehen?

Der Kuss eines Engels

Ein helles Licht, ein gleißender Schein, so schön, konnte mich nicht von diesem Anblick befreien.

Meine Augen ersehnen sich dieses Glück, ich will unbedingt in diese Traumwelt zurück.

Eine innere Wärme stieg empor, so wohlig und schön wie niemals zuvor.

Die sanfte Berührung hat mir ein Lächeln geschenkt, mein Herz umarmt, was nun jeden meiner Gedanken lenkt.

Hatte das Gefühl, dass wir im Himmel selbst schwebten und in endlosen Träumen lebten.

So umarmt, eingepackt, wie in ein Netz aus Seidentüchern verwoben, so schwebten wir perfekt, da ganz weit oben.

Wir hielten einander fest im Arm, eines war sicher: ich hätt es tausende Jahre so getan.

Unsere Lippen konnten der Anziehung nicht widerstehen, und mit einem Mal war es vollkommen um mich geschehen.

Eine Pulsation durch meinen Körper begann, die Wärme, es fing zu kochen an.

Keinen klaren Gedanken konnte ich mehr fassen, doch meine Lippen wollte ich unbedingt auf deinen belassen.

Mein Herz flog in noch höhere Welten hinauf, es brannte, es leuchtete und es stand fest: es gibt dich niemals auf.

Diese ganze Welt macht nur wirklich Sinn, wenn ich zu jeder Nachtruhe bei dir bin, wenn ein jeder Morgen mit dem Glanz deines Lächelns beginnt, damit mein Herz den Tag durchweg unsere Melodien singt.

Ein Kuss und meine Welt stand vollkommen in Flammen, als Engel bist du in meine Geschichtsbücher eingegangen.

Suchende: Wir wurden entrissen, deshalb müssen wir so sehr vermissen, diese Reise ist nicht für einen erdacht, es ist, was man zu zweit nur macht. Wie komm ich dahin, was muss ich tun? Mich ablenken, um wieder innerlich zu ruhen?

Ablenkung

Weg von dem, das deinen Kopf erschwert,

Weglaufen, selbst in Gedanken, ist das verkehrt?

Die Probleme, die sich mir stellen, doch was soll ich tun, kann ich die Nacht nicht erhellen?

Die Dinge sind doch gerade, wie sie sind, also schalt ich meine Gedanken ab und schau, dass ich aus der Situation verschwind.

Einfach weg, meinen Kopf frei bekommen, etwas "Social Media", ich glaub, so hat es bei vielen begonnen.

Wie auch, wenn die Kraft gerade fehlt, dass man weiter diesen einen "vorbestimmten" (?) Weg auch geht.

Was soll man tun, so vom Leben getrieben, vieles ist doch bereits auf der Strecke geblieben.

Woher soll ich wissen, was wirklich im Leben bleibt, woher wissen, für welche Partei ich dann streit.

Will doch nur weg, meine Ruhe finden, einen Moment mit Ablenkung beginnen.

Den Kopf woanders, vielleicht steckt er auch im Sand, wohin mit ihm, hab ich es nicht in der Hand?

Durchzublicken, einen Lichtstrahl ersehen, denn hinter diesem kann doch nur die liebe Sonne stehen.

Ach, wie haben sie es nicht leicht, im Pflanzenreich.

Nur einen Zion, eine Richtung erwählt, all die Kraft in eine Richtung, ach, wie das beseelt!

Könnt ich doch nur wissen, dies und jenes muss ich tun … um endlich vor meinen Problemen auch ohne Ablenkung zu ruhen.

Könnt ich mich nur setzten, für einen Moment, überkämen mich die Gedanken sicherlich ungehemmt.

Sie würden mir sagen, was mich bewegt und ich würde wissen, in welche Richtung mein Leben wohl geht.

Ich könnte meine Energie auf das Wesentliche konzentrieren und müsste nicht mit Ablenkung vor meiner eigenen Zukunft kampieren.

Hätt ich nur begriffen, dass man immer beginnt, nur ein Schritt in die Richtung, die stimmt.

Eines kommt nach dem anderen, so rollt erst der Stein, werden Gegenwart und Zukunft genau richtig sein.

Suchende: Woher kommen diese Worte? Ich fühle eine Verbindung von einem weit entfernten Orte. Wir müssen einander finden, ich muss diesen Engel aus meinem Traum an diese Realität binden.

Elfenkönig: Wie schön diese euphorischen Seelen zu sehen. Ich wünsche ihnen, dass sie es schaffen und sich nicht von ihrem Weg abbringen lassen.

Mutter Natur: So leicht wird es nicht sein, die Suche der Bedeutung wird sie erstmal entzweien.

Elfenkönig: Wieso sollte dies passieren?

Mutter Natur: Weil erfahrungsgemäß die meisten Menschen mit dieser Suche stagnieren.

Elfenkönig: Ist es so schwer, diese Bedeutung zu bekommen?

Mutter Natur: Viele Menschen werden leider als selbstverständlich genommen.

Bedeutung

Deinen Sinn im Leben, wer kann ihn dir geben?

Was würde machen, dass du dich als wichtig erachtest?

Was muss ein Mensch sagen, dass du glaubst, du wirst so betrachtet?

Ist es der Blick, den er dir schenkt?

Ein Lächeln und der Satz, dass er an dich denkt?

Ist es gar anders, denn es kann gerade niemand sein, daher stürzt du dich in Arbeit hinein?

Was gibt dir dein Handeln, dein Werken, dein Tun?

Kannst du nur bei Bestnoten innerlich ruhen?

Bist du solang getrieben, bis du die Bestätigung erfährst, vom Selbstwert, weil dieser dich nicht nährt?

Musst du mit jedem gar Freund auch sein, verbiegst dich, um in ihrer Mitte zu bleiben?

Was tust du, um deinen Wert zu bemessen?

Welche Grenzen willst du selbst dabei setzen?

Weißt du denn nicht, dass du einzigartig bist?

Ach, wie sehr habe ich diesen Satz nur vermisst.

Wanderst du weiter, um ein "Guten Morgen" zu finden, würdest du deine Bedeutung an ein "Schön, dass es dich gibt" binden?

Ziehst immer weiter von Ort zu Ort, nur etwas Bedeutung und dein Fokus ist fort.

Hast solang gesucht, manchmal ohne es zu wissen. Schade nur, dass wir solch grundlegende Dinge in unserer Welt hier vermissen.

Findest du nur ein klein wenig davon, ist deine Aufmerksamkeit für dieses Projekt gewonnen.

Stürzt dich hinein, versuchst alles zu geben, investierst und machst mit grenzenlosem Streben.

Geht es vorbei, weißt du nicht mehr wohin, denn deine wahre Bedeutung kannst du nur bei dir finden.

Elfenkönig: Ich verstehe, die Suchen sind vorhanden, doch viele wissen nicht um ihre Existenz.

Mutter Natur: Ein großes Problem und nur wenige erkennen es.

Elfenkönig: Wir sollten es in die Welt heraus tragen!

Mutter Natur: Wie?

Elfenkönig: Einfach beginnen und niemals verzagen.

Gib dich nicht auf

Deine Schuhe sind schwer, keiner könnte mit ihnen gehen.

Viele sagen es, doch wer weiß dich und dein Leid wirklich zu verstehen?

Woher bist du gekommen, welche Lasten hast du getragen?

Wer hat mit deinen Augen gesehen, wer kann das wirklich von sich sagen?

Wie lang war nicht dein Weg, wie sehr hat man dich gekränkt, wie oft wurdest du erniedrigt, obwohl du wolltest, dass man dir Liebe und Bedeutung schenkt?

Wer kann wirklich sagen, er ist ein Stück deines Weges gegangen?

Wie sind wir nicht alle in unserer bloßen Eitelkeit gefangen.

Würden alle alles besser machen und bekommen den Arsch nicht hoch, dabei ist das Leid auf dieser Erde in jedem von uns groß.

Ich weiß du gibst dein Bestes und das an jedem Tag.

Ich bin mir sicher, dass jemand anderes etwas anderes zu tun vermag.

Doch darum soll es nicht gehen, es geht allein um dich und deinen ersten Tag.

Deshalb bin ich vielleicht der erste, der aufrichtig zu dir sagt:

Komm hoch mein Freund, lass dir Bedeutung geben, denn jeder von uns spielt eine wichtige Rolle in diesem Leben!

Der erste Tag

Der erste Tag in deinem Leben, der den Wandel für den Rest beschreibt.

Der erste Tag in deinem Leben, an dem die Sonne für dich nur erscheint.

Der erste Tag in deinem Leben und dir wird endlich gewahr.

Der erste Tag in deinem Leben, deine Zukunft vollkommen klar.

Der erste Tag in deinem Leben, an dem du dir selbst die Weichen stellst.

Der erste Tag in deinem Leben, an dem du dir für dich gerecht erscheinst.

Der erste Tag in deinem Leben, an dem du die Träne des Siegers weinst.

Der erste Tag in deinem Leben und es wird nicht der letze sein, du kannst alles neu erschaffen, selbst das härteste Leben bekam dich nicht klein!

Elfenkönig: Steh auf mit der Last auf deinen Schultern und du wirst sehen: je schwerer die Last gewesen, desto besser kannst du fortan gehen!

Mutter Natur: Welch ermutigende Worte. Ich wünsche mir, sie mögen auf die richtigen Augen und Ohren treffen. Auf dass sie sich alle erheben und aus dem Schatten ihres eigenen Selbst hervortreten.

Elfenkönig: Wenn sie es schaffen, den Mut finden und die Hilfe bekommen, dann werden sie die Menschen sein, die sie immer sein wollten.

Vater Zeit: Eine schöne Saat, die ihr da sät, nun ist wohl die Zeit gefragt … auf dass ihr bald die Früchte eurer Arbeit in den Händen tragt.

Elfenkönig: Mögen sie alle Bedeutung finden und sie nicht an Materielles binden.

Die Suche nach Materiellem

Meins und Deins hat diese Welt geprägt, der Drang nach Besitz wohl in jedem von uns lebt.

Wir lernen, arbeiten und rackern uns ab, damit ein jeder wenigstens einen kleinen Teil des Kuchens hat.

Mit meinem Spielzeug soll es beginnen, doch auch das Teilen soll dir gelingen. Dabei solltest du entscheiden, egal wie alt du bist, ob teilen in diesem Moment etwas für dich ist.

Von unseren Kindern verlangen wir bereits sehr früh, ob sie es von alleine können, erfährst du ja nie.

Was lernen wir wirklich, wird uns genommen, was wir vorher haben geschenkt bekommen?

Lernst du, dass Teilen dich weiter bringt, oder bei Nichtgehorsam eine Strafe winkt?

Hast du erfahren, dass du nicht besitzt, denn vor einer höheren Macht dich anscheinend niemand beschützt.

Wir streben nach Dingen, um was zu erlangen? Den Beifall von anderen? Was hält dich im Kaufrausch gefangen?

Wärst du bereit, all deinen Besitz zu geben, für nur eine Sache im Leben?

Elfenkönig: Ich würde alles geben, kommt meine Königin nur zurück an meine Seite. Wobei ich ihr auch alles gäbe, käme sie nicht zurück, denn mein Wunsch ist ihr vollkommenes Glück, vielleicht darf ich ein Teil davon sein und falls nicht, werd ich einfach zu Stein.

Vater Zeit: Bist du dir sicher, mein Sohn? Gibst du all deine Kostbarkeiten und deinen Thron?

Elfenkönig: Ohne zu zögern, würde ich alles geben, denn die wahre Liebe ersetzt jede Suche im Leben.

Mutter Natur: Wenn ich so als Wind durch die Blätter rausche und ich den ein oder anderen Liebestollen belausche, so höre ich öfter diesen Satz. Doch für die Wahrheit dahinter hat selten jemand Platz.

Elfenkönig: Mir ist bewusst, dass mich mein Besitz einst mit meinem Körper vergeht, doch meine Seele ist, was alle Zeiten übersteht.

Mutter Natur: Liebe ist an den Körper gebunden.

Elfenkönig: Sowas haben Wissenschaftler erfunden. Wahre Liebe bleibt für immer bestehen, sie wird mit meiner Seele einst zu den Sternen gehen.

Vater Zeit: Wie kannst du wissen, was wir nicht einmal erahnen?

Elfenkönig: Höre Vater, es läuft auf eigenen Bahnen.

Wenn Seelenleben sich verbinden

Wenn Seelenleben sich verbinden,

Worte das richtige Herz so finden.

Der Geist in seinem vollendeten Moment,

keine andere Sehnsucht mehr kennt.

Die Kraft der Anziehung lässt nicht trennen,

was seid Gezeiten wartet einander beim Namen zu nennen.

Komm her, ich reich dir meine Hand,

schließ die Augen, auf diese Weise schaffen wir ein energetisches
Band.

Gemeinsam so stehen und warten wir.

Auf was? Komm ich zeig es dir.

Fühlst du den Wind, der sich seine Wege bahnt?

Spürst du die Brise, die sich deiner Haut so naht?

Kannst du fühlen, wie sie an dir vorüberstreift?

Langsam sie deine Schultern umgreift?

Wenn Seelenleben sich verbinden,

Worte das richtige Herz so finden.

Der Geist in seinem vollendeten Moment,

keine andere Sehnsucht mehr kennt.

Die Kraft der Anziehung lässt nicht trennen,

was seit Gezeiten wartet, einander beim Namen zu nennen.

Komm her, ich reich dir meine Hand,

schließ die Augen, auf diese Weise schaffen wir ein energetisches Band.

Gemeinsam so drehen und verweilen wir.

Für was? Komm ich zeig es dir.

Fühlst du, wie ich bei dir bin?

Spürst du bei geschlossenen Augen, mit deinem sechsten Sinn?

Kannst du fühlen, wie sie sich an deinen Schultern bewegen?

Langsam erwachen deine Flügel zum Leben.

Wenn Seelenleben sich verbinden,

Worte das richtige Herz so finden.

Der Geist in seinem vollendeten Moment,

keine andere Sehnsucht mehr kennt.

Die Kraft der Anziehung lässt nicht trennen,

was seit Gezeiten wartet, einander beim Namen zu nennen.

Komm her, ich reich dir meine Hand,

schließ die Augen, auf diese Weise schaffen wir ein energetisches Band.

Gemeinsam so wachsen und entwickeln wir.

Wieso? Komm ich zeig es dir.

Fühlst du, wie deine Schwingen sich entfalten?

Spürst du, wie deine Füße vom Erdboden gleiten?

Kannst du diese Freiheit erleben?

Langsam beginnen wir als Einheit zu leben.

Wenn Seelenleben sich verbinden,

Worte das richtige Herz so finden.

Der Geist in seinem vollendeten Moment,

keine andere Sehnsucht mehr kennt.

Die Kraft der Anziehung lässt nicht trennen,

was seit Gezeiten wartet, einander beim Namen zu nennen.

Komm her, ich reich dir meine Hand,

schließ die Augen, auf diese Weise schaffen wir ein energetisches Band.

Gemeinsam so steigen wir hoch auf.

Weshalb? Wir wollen zu den Sternen hinauf.

Fühlst du, wie wir immer höher steigen?

Spürst du, wie sich unsere Flügelschläge einen?

Kannst du weiter noch mit mir gemeinsam gehen?

Langsam und sicher werden wir zwischen ihnen stehen.

Wenn Seelenleben sich verbinden,

Worte das richtige Herz so finden.

Der Geist in seinem vollendeten Moment,

keine andere Sehnsucht mehr kennt.

Die Kraft der Anziehung lässt nicht trennen,

was seit Gezeiten wartet, einander beim Namen zu nennen.

Komm her, ich reich dir meine Hand,

schließ die Augen, auf diese Weise schaffen wir ein energetisches Band.

Gemeinsam werden wir alles schaffen.

Denn die Menschheit braucht dieses Licht, bei all dem Schatten.

Fühlst du, wie wir als Sterne hier oben stehen?

Spürst du die Schönheit, allen eine Sonne zu geben?

Kannst du lächeln, auf dass jeder unser Leuchten sieht?

Langsam und für immer es diesen Stern dann gibt.

Wenn Seelenleben sich verbinden,

Worte das richtige Herz so finden.

Der Geist in seinem vollendeten Moment,

keine andere Sehnsucht mehr kennt.

Die Kraft der Anziehung lässt nicht trennen,

was seit Gezeiten wartet, einander beim Namen zu nennen.

Komm her, ich reich dir meine Hand,

schließ die Augen, auf diese Weise schaffen wir ein energetisches Band.

Gemeinsam so funkeln wir in die Ewigkeit,

weil wir durch ein Band aus Sternenstaub vereint.

Fühlst du, wie dein Herz beginnt zu leben?

Spürst du die Sehnsucht dieser Wege zu gehen?

Kannst du Feuer und Schatten für das Gute vereinen?

Langsam beginnst du meine Sehnsucht zu teilen…?

Vater Zeit: Die Worte des Sterns.

Elfenkönig: Sie hatten einander, sie waren umschlungen in Ewigkeit, doch haben sie den Weg auf die Erde genommen und wurden entzweit. Noch ahnen sie nur, was sie gaben, doch die Sehnsucht ist so tief in ihren Herzen vergraben.

Mutter Natur und Vater Zeit: Was auch immer geschieht, sie sollten niemals daran zweifeln, dass der andere sie über alles liebt.

Elfenkönig: Mit dieser Liebe braucht man keinen Besitz, denn mit dieser gewaltigen Liebe im Herzen besitzen sie mehr, als viele überhaupt zu träumen wagen.

Liebe ist dein Gefühl

Die Liebe, sie ist dein,

so war es und so wird es immer sein.

Einen jeden Morgen kannst du sie entfachen,

um mit erfülltem Herzen in den Tag zu starten.

Die Liebe sie ist dein,

so stimmt jede deiner Zellen auf den Rhythmus ein.

Es kann dir keiner nehmen,

es ist ein immaterieller Besitz in deinem Leben.

Die Liebe, sie ist dein,

so kannst du dich auch nicht von der Verantwortung befreien.

Das Gefühl entsteht in dir, du bist ihr Meister also:

Folge mir!

Die Liebe, sie ist dein,

so stimmst du endlich mit mir ein?

Hast du den einen Menschen für dich gefunden,

der, mit dem deine Seele gar verbunden,

der, den du innerlich zum Strahlen bringst,

wenn dem so ist, auch ein Lied für ihn singt.

Der, für den dir kein Weg zu kurz oder zu lang,

der, den dein Herz schon vor Jahrtausenden ersann,

der eine Mensch, für den du alles gibst,

gestehe ihm, dass du ihn liebst.

Die Liebe, sie ist dein,

so war es und so wird es immer sein.

Kann dieses Gefühl in deinem Herzen verweilen?

Allein du wirst durch dein Handeln entscheiden,

denn Liebe ist dein Gefühl.

Vater Zeit: Wie ihre Reise wohl weiter gehen wird?

Elfenkönig: Sie werden sich finden und die wahre Reise wird dann erst beginnen.

Mutter Natur: So tragen sie sich bereits durch ihr Leben, die Suche nach Gesundheit wird wohl ihr nächstes Streben.

Elfenkönig: Gesundheit könnte der erste Anlauf sein, hat man sie gefunden, hört man sein Herz auch deutlicher schreien.

Gesundheit

Viel zu oft als selbstverständlich betrachtet,

wird sie zuweilen noch viel zu wenig geachtet.

Wo geben wir sie nicht überall her,

wird schon nicht schaden, wir haben ja mehr.

Ach, Gesundheiten gibt es nicht,

das wirft bereits alles in ein anderes Licht.

Müssen wir sie suchen, haben wir sie schon,

jeden Tag aufs Neue musst du etwas für sie tun.

Es ist ein Dschungel, dessen Pfade nur wenige kennen,

doch eines sollten wir an dieser Stelle benennen.

In diesem Buch geht es um Fließen und Sein,

Panta Rhei, fällt es dir wieder ein?

Das Komische daran: du wirst es immer wieder finden.

Es ist äußerst unklug, das Fließen deines Körpers zu unterbinden.

So schau doch, dass alles herrlich fließt …

… und deine Gesundheit wie die Blume an einem Gebirgsquell sprießt.

Findet dein Körper äußerlich zur Ruh,

erkennst du deine innere Stimme im Nu.

So schnell wird der Gedanke in deine Ohren wehen,

auf einmal wirst du vor den Entscheidungen deines Lebens stehen.

Die Gesundheit wird immer für dich sein,

drum hilf ihr, sich auf ein langes Leben mit dir zu vereinen.

Mutter Natur: Wenn es nur die eigene wär, auch die der Kinder und Verwandten gibt eine Suche her.

Elfenkönig: Für Kinder sollte es erstmal die Liebe geben.

Vater Zeit: Die Suche der Liebe, die können wir ja gerade miterleben.

Mutter Natur: Schauen wir zu, wie sie ihr Happy End finden?

Vater Zeit: Sicher, doch zuerst wird unser Elfenkönig sein Glück finden.

Elfenkönig: Ich? Mein Glück kehrte sich von mir ab.

Vater Zeit: Tat es das? War es auf dem Weg zu dir hin? Du deutetest es falsch und hast nur Trauer im Sinn.

Elfenkönig: Mein Glück, es ist ambivalent. Zum einen hab ich da dieses gewisse Talent.

Mutter Natur: Welten zu erschaffen?

Elfenkönig: Nein, das Beste aus allem zu machen. Ich hab gelernt zu akzeptieren, doch werde ich niemals meine Liebe zu ihr verlieren.

Mutter Natur: Denn die Liebe ist dein.

Elfenkönig: Ich habe ihr den Ring der Unendlichkeit gegeben, dass bedcutet, ich werde sie als meine Königin immer lieben. Sie trägt ihn, doch fehlt das Wort ... gibt sie mir ein "JA" ,so heirate ich sofort.

Mutter Natur: Bist du dir sicher, was ist wenn?

Elfenkönig: Ich bin mir sicher, nur diese eine Frau, ich will nur sie, das spüre ich ganz genau. Wenn sie ihr "ja" dazu gibt, dann weiß ich, dass sie mich aufrichtig liebt.

Vater Zeit: Es hatte etwas Gutes?

Elfenkönig: Ja Vater, ich bin frohen Mutes. Nun ist sie weg, doch kommt sie zurück, weiß sie so sehr wie ich, von unserer Liebe Glück.

Elfenkönigin: Du würdest wirklich alles für mich geben? Dabei war ich nicht einmal im Stande, dir annähernd so viel zu geben.

Elfenkönig: …

Elfenkönigin: Fehlen dir die Worte, mein Schatz, oder nahm eine Froschkönigin in deinem Rachen Platz?

Elfenkönig: Du bist zurück, wie fass ich nur mein fabelhaftes Glück?!

Elfenkönig: Sicher würde ich für euch alles geben, meine Königin, seit so langer Zeit steht mir nur nach euch der Sinn.

Elfenkönigin: Also hat euer Leben ohne mich keinen Sinn.

Elfenkönig: Es ist viel komplexer, schauen wir mal genauer hin.

Ohne dich...

Ohne dich fehlt an einem Sommertag

das Eis, das mich zu kühlen vermag.

Ich liebe den Sommer, er ist wunderschön,

kann ihn auch so genießen und einfach baden gehen.

Ohne dich fehlt im Herbst der orange Blätterregen,

versteh mich nicht falsch, gelbe und rote sind auch ein Segen.

Ohne dich fehlt beim Laufen der Schuh,

barfuß lauf ich eh besser, was glaubst du?

Ohne dich fehlen Sonne und Mond,

im Dunkeln zu laufen, bin ich gewohnt.

Ach, was soll das…

Ohne dich fehlt im Omelette das Ei.

Ohne dich fehlt der Hafer im Haferbrei.

Ohne dich ist so vieles auf der Strecke geblieben.

Ohne dich fehlt meiner Liebe der Mensch zum Lieben.

Ohne dich und ja, ich geb es zu: kann man leben, doch das Highlight
bleibst du!

Elfenkönigin: Wie soll ich dir soviel manifestierte Liebe zurückgeben?

Elfenkönig: Ich wünsche mir nur noch diese eine Sache für mein Leben.
Ich möchte mit dir sein, deine Nähe spüren, deine Anwesenheit allein
wird mich in das Reich der größten Liebe führen. Du hast mir doch

schon so viel gegeben, was glaubst du wie sonst konnte ich mich in dich verlieben?

Meine Königin, bitte hört mir zu, es reicht mir allein der Glaube dazu. Ihr seid gegangen und sagtet, ihr seid mir zu lange schon im Weg gestanden. Ihr wolltet, dass ich ein anderes Glück finde, meine Hoffnung nicht an eure Rückkehr binde, doch bitte versucht mich zu verstehen.

Wie soll das gehen? Wie könnt ich nicht hoffen, habe ich doch mit euch die Liebe meines Lebens getroffen. Niemand wird je an dieser Stelle stehen, daher ist das Hoffen für das Herz auch so schön ... es ermöglicht, auch ohne euch, in eine wundervolle Zukunft zu sehen. Denn eines Tages, und anders geht es mir nicht ein, werden wir dieses Traumpaar sein.

Selbst so solltet ihr mich nicht mehr wollen, ich ging für mich in die Vollen. Ich habe gewartet, mein Bestes gegeben, diesen einen Traum, diese Liebe, nicht aufgegeben.

Bitte, so sagt mir meine Königin, ist vielleicht eines Tages, wenn auch nur eventuell, ein "Ja" für mich drin? Solange die geringste Hoffnung besteht, bin ich der Fels, der ewig in der Brandung übersteht.

Wenn ihr nicht wisst, ob "Ja" oder "Nein", lasst mir wenigstens das Warten, mein...

Elfenkönigin: Das kann ich nicht verlangen, ich bin darin gefangen, würde euch am liebsten alles geben, jeden Funken Glück aus meinem Leben. Allein ihr sollt glücklich sein, doch ich weiß nicht, ob ich das kann, mein ...

Elfenkönig: Mich glücklich zu machen, ihr verfügt da über tausende Sachen.

Euer Lächeln, mit dem wundervollen Strahlen eurer Zähne,

allein bei dem Gedanken brennt mir die Seele.

Eure Hand auf meiner liegend, einen Weg gemeinsam gehend,

dabei pulsiert mein Herz vor purer Freude, nicht vor Schmerz!

Euer Geleit in die Traumwelt hinein, am Morgen zu erwachen,

wird immer alles für mich sein.

Euer Drang alles zu sehen, alles auf dieser Welt zu verstehen,

euch bei diesen Überlegungen zu sehen, für mich, einfach wunderschön.

Der Blick in eure Augen, eure Seelenwelt,

ist, was mich in diesem Leben hält.

Wohin wir auch gehen, egal wie schwer wir durch diesen Nebel sehen, euch bei mir zu wissen, gibt mir die Liebe und daher werde ich euch auch immer vermissen.

Elfenkönig: Ankommen und anfangen, das wäre schön, den Rest werden wir dann sehen. Doch auf einen Versuch kommt es an, damit ist mir mehr als Genüge getan.

Elfenkönigin: Ich kann nicht … ich will euch alles geben, einzig das habt ihr verdient in diesem Leben!

Elfenkönig: Lasst es bitte auch meine Entscheidung sein. Vermisst, liebt ihr mich denn nicht?

Elfenkönigin: Euer Glück steht mir mehr im Sinn. Ich weiß auch nicht, doch es geht mir nicht ein, euch nicht Genüge zu sein!

Bei diesen Worten erstarrte der Elfenkönig zu Stein!

Elfenkönigin: Was ist passiert? Wie konnte das geschehen? Meine Liebe … DU DARFST JETZT NICHT GEHEN!!!

Mutter Natur: Er wollte euch alles geben, dafür gab er nun sein Leben.

Er hat alles dafür getan, um euch zu zeigen: ihr seid perfekt und dabei wird es bleiben. Sein Herz musste erstarren, denn er konnte nicht ertragen, dass er euch nicht gut sein kann.

Elfenkönigin: Er war gut, er hat alles für mich getan!

Mutter Natur: Doch er wollte, dass ihr es wisst! In dem Wort Perfektion scheint viel zu sein, doch für ihn gab es nur…

<u>Du bist es wert…</u>

Du bist es wert, dass ich diesen Weg gehe.

Du bist es wert, dass ich alles und jeden noch so harten Sturm überstehe.

Du bist es wert, dass ich geh, wenn ich dir im Wege steh.

Kannst du das besondere in dir nicht sehen, den Spiegel manches Mal auch nicht verstehen?

Für mich hingegen wird es immer nur das eine Bild geben.

Es gibt niemanden, der so ist wie du, ersetzen unmöglich, hör nur zu.

Du bist es wert, dass ich diesen Weg gehe.

Du bist es wert, dass ich alles und jeden noch so harten Sturm überstehe.

Du bist es wert, dass ich geh, wenn ich dir im Wege steh.

Kannst du es vielleicht eines Tages verstehen,

die Dinge einfach aus diesem Blickwinkel sehen?

Deine Perfektion wird nicht gebannt,

sie ist da, ich sag es dir aus erster Hand.

Ich sehe dich mit diesen Augen, warum kannst du mir nicht einfach glauben?

Du bist es wert, dass ich diesen Weg gehe.

Du bist es wert, dass ich alles und jeden noch so harten Sturm überstehe.

Du bist es wert, dass ich geh, wenn ich dir im Wege steh.

Sag mir, was muss ich tun, damit deine inneren Geister ruhen?

Sag mir nicht, du willst das alleine schaffen,

denn solang bin ich hier am Verblassen.

Ich möchte dir doch alles geben,

wenn auch nur die Freiheit ohne mich zu leben!

Elfenkönigin: Warum … warum nur … hab ich es nicht schon vorher verstanden?

Mutter Natur: Er ist diesen Weg freiwillig gegangen. Er wollte euch nicht aufgeben, bis zuletzt für das Kämpfen streben.

Elfenkönigin: Warum hat er mich dann allein gelassen?!

Mutter Natur: Ihr wart nicht in der Lage, seine Hand zu fassen, doch ihr wolltet ihn auch nicht warten sehen. Was sollte eurer Meinung nach geschehen?

Vater Zeit: Habt ihr jemals eurer Handeln überdacht, das Beste für euch beide gemacht? Habt ihr eher den Vorwurf als die Bekundung der Liebe gefunden? Wolltet ihr verstanden werden, ohne auch nur ein Wort zu sagen? Wie soll jemand das verstehen, wenn sich eure Worte und euer Handeln drehen? Wie sollte er wissen, was zu tun? Konntet ihr doch selbst nicht in euch ruhen?

Elfenkönigin: Ich habe auch Entbehrung gelitten.

Vater Zeit: Genau und das hat niemand bestritten. Die Entbehrung habt ihr für euch beide erwirkt, war doch klar, dass dies nichts wird. Habt ihr die Entbehrung zugegeben? Sagtet ihr, es wäre schön, anders zu leben? Hat euer Handeln dann dazu gepasst? Wo war er der Platz … für euren König?

Elfenkönigin: Aus so vielen Dingen das Richtige zu finden … ich wünschte mir so sehr, er würde glücklich sein, dacht die Entbehrung sei ganz mein, deshalb hab ich nicht gefragt und leider niemals "Danke" für sein Warten gesagt …

Mutter Natur: Panta Rhei …

Kapitel 4: Die Suche der Liebe

Zwei Sterne einst auf die Erde gegangen,

in den Suchen und des nötigen Wachstums des Lebens gefangen.

Sollte es nach einiger Zeit auch sein, dass sie die ohnmächtigen Gefühle des Herzens befreien.

Wie ein Märchen…

All jene Tage, die sie zählen …

Egal welchen Gedanken sie auch wählen …

Es war einmal … so sollt es immer sein …

Es war einmal … das brach ein Licht zum Fenster rein.

Sie fanden sich den einen Moment,

an einem See war es gewesen,

um dem Märchen eine Gestalt zu geben.

Der Wind schob wohl beide an,

ob sie wollten oder nicht,

doch für die Herzen war es eine Sache für sich.

All jene Tage, die sie zählen…

Egal welchen Gedanken sie auch wählen …

Es war einmal … so sollt es immer sein…

Es war einmal … das brach ein Licht zum Fenster rein.

Der Blicke haben sich gefunden,

gegenseitig die Endlosigkeit der Augen zu bekunden.

So kam es, dass sie sich in des anderen Antlitzes verloren.

Vom Himmel selbst schienen sie erkoren,

wenn sie nur wüssten, wer sie sind…

All jene Tage, die sie zählen…

Egal welchen Gedanken sie auch wählen…

Es war einmal … so sollt es immer sein…

Es war einmal … das brach ein Licht zum Fenster rein.

Stunden und Tage, immer wieder haben sie damit verbracht,

der Magnetismus hat sie einander so nah gebracht.

So blieben die Gedanken an diesem Ort,

keine Macht der Welt trug sie fort.

All jene Tage, die sie zählen…

Egal welchen Gedanken sie auch wählen…

Es war einmal … so sollt es immer sein…

Es war einmal … das brach ein Licht zum Fenster rein.

Sie kamen doch aus zwei verschiedenen Welten,

wie für Romeo und Julia sollte gelten,

dass sie nicht bekommen,

was ihr Herz für sie ersonnen.

All jene Tage, die sie zählen…

Egal welchen Gedanken sie auch wählen …

Es war einmal … so sollt es immer sein…

Es war einmal … das brach ein Licht zum Fenster rein.

Eine Brücke gilt es zu erbauen,

so könnten sie sich trauen,

ein kleines Stück zu gehen,

einander Hand in Hand in die Augen zu sehen,

All jene Tage, die sie zählen…

Egal welchen Gedanken sie auch wählen…

Es war einmal … so sollt es immer sein…

Es war einmal … das brach ein Licht zum Fenster rein.

Die Regenbogenbrücke war der leichteste Weg,

ein paar Regentage und sie steht,

kommen das Vermissen und die Sehnsucht noch dazu,

geht der Bau im Nu…

All jene Tage, die sie zählen…

Egal welchen Gedanken sie auch wählen…

Es war einmal … so sollt es immer sein…

Es war einmal … das brach ein Licht zum Fenster rein.

In die Welt der Fantasie entflohen,

sie wollten sich mit der Gemeinsamkeit belohnen,

sie wollten gemeinsam fliegen,

endlich Hand in Hand über dem Boden schweben.

Frei und unbeschwert, was ist nur an diesem Traum verkehrt?

Wo sind wir hier?

„Das tut nichts zur Sache, wichtig ist, dass ich all die Dinge mit dir hier mache."

Gemeinsam im Traum zu stehen, ist wunderschön, vielleicht können wir eines Tages diese Welt in unsere Realität mitnehmen.

„Komm her, halt mich fest und lass uns fliegen!"

Wohin?

„Egal, wichtig ist, dass wir uns lieben."

Eine unendliche Verbundenheit, die niemand entzweit.

Mutter Natur: Schön, dass ihr es so seht. Ich wünsche euch von ganzem Herzen, dass es niemals vergeht!

„Wer war das?"

Wo kam das her?

Mutter Natur: Die Winde tragen meine Botschaft durch die Wälder und Ländereien, ich und die Phänomene der Welt sind praktisch nicht zu entzweien. Wenn ihr etwas braucht, könnt ihr gerne nach mir rufen, oder ihr kommt mich im Schloss des Elfenkönigs besuchen.

„Nehmen wir die Einladung an?"

Ich denke, das ist der Punkt, an dem bereits ein anderes Abenteuer begann.

„Wie meinst du das, mein Herz, welcher Gedanke verfolgte dich?"

Ich weiß es nicht, es kam so über mich. Hab nicht darüber nachgedacht, es war einfach da.

„Ich glaube die Lösung wäre ein "JA"…"

Wie darf ich das verstehen?

„Ich kann es dir nicht sagen, es war auch so geschehen."

Irgendetwas stimmt hier nicht. Es steht mir auch nicht gut zu Gesicht.

Wir kamen, um uns hierher zu entführen, und nun scheint eine Aufgabe unseren Werdegang zu berühren.

„Lass uns erstmal sein, dann stimmen wir uns erneut auf dieses Thema ein!"

Wir halten einander und schweben empor,

der Wind trägt uns hervor.

Zwischen den Blättern der Bäume, wir tanzen vorbei,

so schwerelos, tollkühn und frei.

Wohin sind wir hier nur gekommen?

Das Schweben hat all unsere Sorgen genommen.

Für den Augenblick einfach sein, schau in dieses unglaubliche Tal hinein.

Wir beide, könnten wir doch immer sein,

einfach so wie jetzt, in die Unendlichkeit hinein.

Nie würde uns etwas fehlen, kein Gedanke uns quälen,

doch es scheint, als hätten wir etwas mehr zu tun.

Es ist noch nicht an der Zeit für uns zu ruhen.

Doch bitte, halte ein, lass uns noch ein paar weitere Augenblicke einfach sein.

Nur du und ich, über den Bäumen, auf nichts erpicht.

Kein anderer Gedanke soll uns holen, nichts anderes wollen,

einfach sein…

Wange an Wange im Himmel stehen, alles gemeinsam und verbunden sehen, jede Entscheidung gemeinsam finden, das Leben an den anderen binden, gemeinsam wachsen, gemeinsam an jede Aufgabe heran, weil man zu zweit … mit dieser Verbundenheit, einfach alles kann!

Nichts und niemand soll jemals zwischen uns stehen, mein Stern, dein Wort will ich über allem sehen!

Wir beide wie Sonne und Mond, Tag und Nacht, unsere Seelen nur für eine gemeinsame Reise gemacht.

„Der Magnetismus hat uns zusammengebracht, ich gedenke auf ewig dem Tag, als unsere Lippen sich das erste Mal fanden.

Der erste … sollte wie jeder weitere sein!

Es war sanft und atemberaubend,

den Körper durchflutend und verzaubernd.

Es ergriff mich, es ließ mich nicht mehr ohne Gedanken daran sein,

mein Leben, meine Welt, tauchten in ein anderes Licht hinein!

Dieses Leuchten hat meinen Körper beseelt,

Stellen erreicht, dieses Licht hat so sehr gefehlt.

Ich konnte nicht wissen, dass diese Leere existiert,

konnte nicht ahnen, dass sowas passiert.

Woher?

Wie nur … wie?

Gab es solche Dinge, weder im Traum noch in Fantasie.

Mehr als meine Vorstellung konnte ersehen,

wie kann so etwas in einem Körper gesehen.

Ohnmächtig, betäubend und belebend zugleich,

auf einmal war mein Körper, mein Leben so reich.

Alles im Übermaß, das pure Adrenalin,

niemand, selbst Gott im Himmel, konnte dies ersehen.

Ich bin mir sicher, glaube mir doch!

Ich war glücklich, mir hat nichts gefehlt,

und dennoch hat es meinen Körper final beseelt.

Das Tor zum Himmel, auf dieser Welt,

dein Kuss hat mein ganzes Universum erhellt!

Es riss nicht ab, es ist immer so geblieben,

mein Gott, ich werde diesen Engel in alle Ewigkeit lieben.

Die eine Frau, für mein ganzes Leben,

jede weitere ist mehr als nur ein Beweis gewesen!

Ich hoffe, für euch stellt sich einst das Gleiche ein,

denn der erste Kuss sollte wie jeder weitere sein!

Mutter Natur: Eine Liebe, die alles andere überragt, eines Tages genießt ihr auch euren vollkommenen Tag. Vorerst nur, seid gefeit, denn euer Weg hält noch einige Hürden bereit.

Wir werden unser Bestes geben! Ein paar wichtige Worte jedoch, habe ich noch. Die Liebe zu dir, mein Stern, trieb mich dazu an!

Einzigartige Liebe

Dein Zauber, der mein Herz umwebt,

angenehme Strahlen, dass ein Schneesturm sofort vergeht,

nur noch Lächeln, auf dass jede Träne versiegt,

immer wieder schön, dass es Menschen wie dich gibt.

es ist wundervoll, wird man von ganzem Herzen geliebt.

leidenschaftlich, der Gedanke

an dich niemals vergeht.

Dich an meiner Seite zu haben, ein Geschenk von Gottes Gnaden

und eine damit verbundene Dankbarkeit, welch wundervolle Zeit!

Bin in Gedanken so oft bei dir,

in meinen Träumen, meinen Plänen, gibt es immer ein Wir!

Suche ich nicht nach einem anderen Glück, aus diesem

Traum möchte ich nicht mehr zurück!

Du bist alles, was mein Herz bewegt,

alles andere so viel weiter unten in meiner Prioritätenliste

steht!

Hoffnungsvoll habe ich immer in den Himmel geschaut,

in diesem einen Moment meinen Augen nicht getraut.

Ganz nah bei mir, das Schönste was ich jemals sah,

Herzklopfen, ein nicht geträumter Traum wurde wahr.

Lebendig und doch nicht zu begreifen,

imaginär soll das auch nicht heißen.

Gesehen, gespürt und berührt,

Herz verloren und doch nicht kapiert.

Tausende Momente im Leben schon gesehen,

in keinem anderen ist je so etwas geschehen.

Nenn mich verrückt, doch wie kann es sowas geben?

Mit wie viel Glück beschenkte mich dieses Leben?

Einzigartig und vollkommen bist du,

in mir die Liebe passend dazu.

Nur eines möchte ich noch zum Besten geben,

ein Mal für den Zion in meinem Leben.

Mit diesem Atemzug möchte ich dir schwören:

Lebenslang wird diese Liebe dir gehören.

Einen besseren Menschen wird es für mich nicht geben,

begreife nur, du bist unersetzlich in meinem Leben.

Einzig du kannst mich von dir trennen,

niemals würde ich mir erlauben, dich mein Eigen zu nennen.

Kapitel 5: Die Welt der Fantasie

Wie ein Märchen...

All jene Tage, die sie zählen ...

Egal welchen Gedanken sie auch wählen ...

Es war einmal ... so sollt es immer sein ...

Es war einmal ... das brach ein Licht zum Fenster rein.

Die Liebe lies sie immer stärker werden,

so flogen sie hoch und konnten ihre Träume bergen.

So tief in ihrer Seele waren sie vergraben,

doch diese einzigartige Welt hat sie hervorgetragen.

All jene Tage, die sie zählen...

Egal welchen Gedanken sie auch wählen ...

Es war einmal ... so sollt es immer sein ...

Es war einmal ... das brach ein Licht zum Fenster rein.

In der Traumwelt verbringen sie die Zeit,

fliegen durch die Unendlichkeit,

haben vielen Symphonien gelauscht,

und sich ihrer eigenen Synergie berauscht.

All jene Tage, die sie zählen…

Egal welchen Gedanken sie auch wählen …

Es war einmal … so sollt es immer sein …

Es war einmal…das brach ein Licht zum Fenster rein.

Verbrachten ihre Zeit in der Natur und ihrer Ehrgestalt,

erklimmen Berge, klettern, laufen, springen,

nur noch nicht so recht das Tanzbein schwingen.

Sie halten sich auf Trapp, fabelhafte Hobbys satt.

All jene Tage, die sie zählen …

Egal welchen Gedanken sie auch wählen …

Es war einmal … so sollt es immer sein …

Es war einmal … das brach ein Licht zum Fenster rein.

Die Sonne, Kleeblätter und andere Zeichen der Natur,

sind für sie die Freude pur.

Was sie nicht alles gemeinsam haben,

nur können sie nichts von dem nach Hause tragen.

All jene Tage, die sie zählen…

Egal welchen Gedanken sie auch wählen…

Es war einmal … so sollt es immer sein…

Es war einmal … das brach ein Licht zum Fenster rein.

Frei schwebend doch die Aufgabe im Blick,

eines Tages müssten sie in die Realität zurück.

Können nicht mehr einfach nur einander haben,

sie müssten ein Fundament für ihre Liebe graben.

All jene Tage, die sie zählen …

Egal welchen Gedanken sie auch wählen …

Es war einmal … so sollt es immer sein …

Es war einmal … das brach ein Licht zum Fenster rein.

Ankommen und Zuhause sein,

alles für einander obendrein,

wenn ihre Hände schaffen den Zusammenhalt,

ist es immer nur die Liebe, die da wiederhallt!

Das Schloss des Elfenkönigs, dort am Horizont!

„Doch es führt kein Weg dorthin, wie ungewohnt"

Es scheint, als sollte hier eine Brücke sein.

„Generell scheint es hier verlassen und allein."

Mutter Natur: Eine Brücke müsst ihr schlagen, die magischen Worte gemeinsam sagen. Gebt den Farben der Welt ein Zuhause, sprecht es zügig ohne Pause, bedenkt dabei, was ihr aneinander habt, gebt täglich etwas Wasser für die Pflanze der Liebe ab.

„Der Weg könnte nicht einfach sein?"

Die Suche nach einer verschwundenen Brücke obendrein.

„Etwas Wasser geben, was erscheint beim Regen?"

Der Regenbogen, es ist sein Farbenspiel, gemeinsam ist das Rätsel nicht zu viel.

Gemeinsam:

Rot wie das Wurzelchakra, das Fundament auf dem euer Leben steht.

Orange wie das Sakralchakra, die Kreativität, die euch den Alltag in Wunder legt.

Gelb wie das Sonnengeflecht, der Wille immer alles zu geben!

Grün wie das Herzchakra und die Heilung im Leben.

Hellblau wie das Halschakra, für Ausdruck und Kommunikation.

Dunkelblau wie das Stirnchakra, die Intuition wird euch belohnen.

Lila wie das Kronenchakra, gemeinsam werdet ihr zur Erkenntnis gelangen.

Liebe Regenbogenbrücke, erscheine und halte das Schloss nicht mehr gefangen.

Regenbogen: Das achte Chakra ist das weiße Licht, die höchste Form der Erkenntnis, sie bewahrheiten sich. Was auch immer du einst gesehen hast, es ist der Baustein, der in deine nicht konstruierte Zukunft passt.

„Lass uns die Brücke überqueren, diesem verwirrenden Gedanken des achten Chakras möchte ich mich gern verwehren."

Ich denke, es soll heißen, vieles wird geschehen, gleich wie die Dinge auf der Erde sich auch drehen.

„Das heißt, bestimmte Erfahrungen werden wir machen, auch wenn wir dagegen angehen, ein Schicksal wird es nicht lassen?"

Ein paar Eckpfeiler wird es wohl geben … mit einem Würfel schaffst du keine Sieben.

Eines nur…

Bitte, liebes Leben,

erhöre mein Flehen. Du hast mir diese Erfahrung geschenkt,

weshalb ich meine Dankbarkeit zu dir lenk.

Ich möchte es in die Welt hinaustragen,

selbst an regnerischen Tagen.

Ich wollte du erhörtest mich und zeigst mir dein freundlichstes Gesicht.

Viele Schlachten haben wir beide schon geschlagen, viele Wunden habe ich davon getragen, die Narben auf meiner Seele vielleicht ein Grund, weshalb ich noch stehe.

Es war mir oft nicht leicht, deine Gedanken zu verstehen, den Hintergrund, die Vorteile aus den Ereignissen zu sehen.

Doch hielt ich zu dir, habe dein Glück hinaus getragen,

selbst hörte ich mich immer und immer wieder sagen:

Ohne die Lasten wäre ich nicht, wer ich bin,

ohne das Leid käme mir kein Mitgefühl in den Sinn,

ohne meine Narben könnte ich vergessen, wer ich bin.

Ich will nicht klagen, will mich nicht beschweren, habe gelernt, selbst die kleinsten Dinge zu ehren.

Habe jede Erwartung stetig von mir gewiesen, einzig das Vertrauen ist mir geblieben.

Du wolltest mir zeigen, dass auch hier kein Bestand existiert,

so hast du dafür gesorgt, dass mein Vertrauen sich in Enttäuschung verliert.

Ich möchte mich bedanken, denn ich habe gelernt, egal was ich tu, in der falschen Situation ist selbst das weiseste Handeln verkehrt.

Ich ließ ab und versuchte zu schweben, einfach zu treiben, dem unaufhaltsamen Schicksal entgegen, auch dies wurde mit einer Narbe geehrt, selbst dir zu vertrauen, ist wohl verkehrt.

In manchen Situationen, wie soll es auch sein, ist deine Meisterlösung nur ein illusorischer Schein, mit einer Narbe wirst du belohnt, versuchst du es zu lösen, wie gewohnt.

Dennoch habe ich meine Hochachtung vor dir nicht verloren, schließlich hast du uns alle geboren; ohne dich hätte es nichts gegeben, weder Leid noch Freude in meinem Leben.

Ich habe gelernt, es wird mir vieles gegeben, ist es mir zu wertvoll, darf ich Abschied nehmen.

Ertragen habe ich auch diesen Teil deiner Lehren, ohne aufzuhören dich als größten Meister zu ehren.

Im Grunde konntest du mir alles nehmen, und ich glaubte weiter an das Leben.

Vielleicht habe ich bisher genug ertragen, um einmal in meinem Leben nach einem Geschenk zu fragen.

Einmal nur, vielleicht darf es sein? Einmal nur, nimmst du mir nicht mein … Einmal nur, es ist nur eine Frage. Einmal nur, fördern wir gemeinsam den Gedanken zutage? Einmal nur, darfst du mir nicht nehmen, denn es handelt sich um das Kostbarste in meinem Leben.

Eines nur möchte ich dich bitten, lass es einfach sein, diese Liebe in meinem Herzen soll unberührt bleiben!

Mutter Natur: Du weißt, was geschehen wird, du hast es bereits
gesehen.

Meine Stunde null, meine Welt hört auf, sich zu drehen.

Mutter Natur: Leider ist diese Last dir in die Wiege gelegt, mach was
du am besten kannst: zeig wie man in der Mitte steht!

Kraft

Kraft: Träger der Stärke,

Heiler der inneren Werte,

Gesandter des durchgesetzten Willens,

der, dessen Begehren nicht zu stillen ist.

Herr der verlorenen Welt,

Zeitgeist, dessen Anblick gestellt.

Gedanke aus finsterer Nacht,

zugleich hat dich das Licht empor gebracht.

Abgesandter eines Strebens nach Glück,

doch strebst du, gehst du bereits zurück.

Kämpfst du, kannst du verlieren.

Kämpfst du nicht, wolltest du es nicht kapieren.

Hast du verloren ohne den Kampf,

oder spielst du dich selbst an die Wand?

Führer in die Ferne,

haben wir dich hierfür gerne?

Was ist, müssen wir zurück,

um zu finden ein Glück?

Fließen bedeutet Sein.

Die Fähigkeiten der Krieger und Pazifisten zu vereinen.

Der Fluss, er nimmt seinen Weg,

auch wenn es zum Umspülen des Steines trägt!

Weder Kraft noch nicht Kraft ist die Frage,

fördere einfach Weisheit und Fließen zutage!

„Was soll das alles bedeuten?"

Vater Zeit: Wir alle müssen verstehen, ein paar Schritte zurück sind da, um Anlauf zu nehmen.

Elfenkönigin: Wenn der Elfenkönig aus dem Stein erwacht, ist es die zweite Chance, die für mich erdacht, dann werd ich sie nutzen und nach vorn streben, vorausgesetzt er wünscht sich noch ein gemeinsames Leben.

Nutze die Chance

Ein jeder Tag in deinem Leben,

vielleicht ist es jetzt der eine, um alles zu geben?

Vielleicht sparen wir die Kraft

für den richtigen Moment, die eine Chance ist eh schon verpasst.

So schauen wir in die Welt hinaus,

bereit los zu laufen, doch da … hält mich was auf.

Wieder zieht eine Chance vorbei … ach was soll es, bei der nächsten bin ich dabei.

Nur noch schnell die Schuhe binden … auch diese Chance konntest du nicht finden.

Eine Regenwolke am Horizont ... vielleicht bin ich den Regen nicht gewohnt. Ich geh lieber wieder hinein, morgen wird da wohl auch noch eine Chance sein...

Vater Zeit: Ein normaler Mensch bekommt von mir 30.000 Tage in seinem Leben, ein Jahr hat 365, wie viele hast du schon gegeben? Wann bist du bereit, endlich glücklich zu sein, wann möchtest du dich endlich aus den Fesseln deiner Laster befreien? Ist schon wieder ein Tag vergangen? Hör auf, denn jetzt ist dein Leben, jetzt wird angefangen!

Elfenkönigin: Ich kenn diese direkten Worte nicht von euch, ich hoffe ihr seid nicht von mir enttäuscht?

Vater Zeit: Wer bin ich, über dich zu urteilen, mein Kind? Diese Sätze reisen geschwind, sie werden vom Wind getragen, jeder, der sie lesen muss, wird sich selbst dann fragen.

Elfenkönigin: Was können wir dann tun?

Vater Zeit: Nimm dir zwei Tage, um in dir zu ruhen. Bleib allein, ohne Fernseher und Telefon, kein Essen, kein Spiel oder sonstiger Lohn. Bleib allein mit dir und deiner Gedankenwelt, stelle fest, was dich in deinem Alltag hält. Hinterfrage, warum du alles tust, warum du sonst nicht in dir ruhst? Finde heraus, welche Dinge dich plagen und warum sie das tun, an diesen Tagen. Es gibt einen Grund für jeden Schritt in deinem Leben, versuche, den in dir vergrabenen Schatz zu heben.

Suchende: Konntest du dich erkunden, hast du die Antworten deiner Seele gefunden, kannst du auch das Warum der anderen verstehen und der Elfenkönig wird nicht mehr im Stein da stehen.

Mutter Natur: Lasst uns nach dem Warum fragen…

Warum?

Warum bin ich heut aufgestanden?

Weil der Wecker klingelt, wird so angefangen?

Warum hat der Wecker zu läuten begonnen?

Hab leider noch nicht im Lotto gewonnen.

Warum hast du dich für diese Arbeit entschieden?

Warum bist du nicht länger in der Schule geblieben?

Warum hat dir Lernen keinen Spaß bereitet?

Warum bist du jemand, der sich gerne streitet?

Warum versuchst du, Harmonie durch Recht im Streit zu erlangen?

Warum bist du so sehr in deinen Gedankenmustern gefangen?

Warum suchst du die Schwäche in den anderen Wesen?

Warum kannst du nicht ertragen, dass du nicht bist vollkommen gewesen?

Warum hat dir so viel Bedeutung gefehlt?

Warum wurdest du nicht durch Lob beseelt?

Warum hast du bisher noch nicht verstanden, mit Tadel bist du in der Spirale der Abwehr gefangen.

Warum sagst du, was dir nicht gefällt?

Warum sprichst du nicht aus, was dich zurück hält?

Warum hast du Angst, deine Meinung würde schwanken?

Warum, wenn wir alle uns doch im Leben fanden?

Warum wirst du durch dein Leben getrieben?

Warum sind deine Ziele auf der Strecke geblieben?

Warum knickst du im entscheidenden Moment ein?

Warum ist es so schwer, für dich ein Sieger zu sein?

Warum findest du dich damit ab?

Warum legst du deine Träume ins Grab?

Warum beginnst du nicht jetzt aufzustehen?

Warum wird es immer wieder geschehen?

Warum nimmst du nicht all deinen Mut zusammen?

Warum bist du in deinem Trott gefangen?

Warum lebst du nicht, sondern existiert lang hin?

Warum kommen dir zuerst andere als Schuldige in den Sinn?

Warum hast du noch nicht akzeptiert?

Warum hast du es verdammt noch nicht kapiert?

Warum sollen deine Eltern, deine Nachbarn, dein Freund nicht anders sein?

Deinen eigenen Fehler kannst du beheben, den der anderen nicht, denn es ist ihr Leben. Hast du den Fehler bei dir gefunden, stehst du auf, um Reue zu bekunden, dann bringst du deinen Arsch hinaus und machst das Beste daraus!

Nun kann ich das Warum des Elfenkönigs verstehen, ich wollte nicht von dieser Erde gehen, er wollte euch nicht in Schreck versetzen, ihr solltet euch nur nicht länger hetzen. So nahm er die Ruheform an, in der er ewig warten kann.

„Er hatte keine Erwartung an euch, er wollte sich nur nicht eingestehen, sich noch länger nach euch zu sehnen."

Elfenkönigin: Ich wär doch so gern mit ihm gewesen, er begleitete mein Leben, in so vielen Momenten dachte ich an ihn, die alltäglichen Dinge, es war so sehr um mich geschehen. Doch ich wollte es zurückgeben, wollte den Ausgleich erleben, ich tat einen Schritt und er kam mit tausenden dafür zurück. All diese Liebe so wunderschön, es überrannte mich, konnte mich nicht mehr finden, so ging ich meine Gedanken zu entwinden. Ich ließ mein Glück zurück, auf der einen Seite gut, auf der anderen ein Missgeschick. Könnt ihr mich verstehen, diese Ambivalenz da sehen?

„Habt ihr versucht, euren Helden zu verstehen? Wie er es schaffte, für euch tausend Schritte zu gehen?"

Seine Liebe war bedingungslos, seine Sehnsucht riesengroß, zum einen wollte er euch lassen und zum anderen euer Herz mit Samthänden anfassen. Er wollte für euch alles geben, selbst sein Herz, sein ganzes Leben. Er wollte euch vor Schmerz bewahren, und so solltet ihr weiterhin die Liebe erfahren.

Elfenkönigin: Ich dachte, er tat dies aus Erwartung heraus, ich dachte, er übt einen Einfluss auf mich aus … Nein! Er wollte mich nur wissen lassen, mein Zuhause ist jederzeit für mich zu fassen. Er hatte nicht, was sein Herz begehrt, doch statt er sich mit seiner Kraft dann selbst ernährt, gab er mir all die Liebe der Welt, auf dass es mich im siebten Himmel hält.

Mutter Natur: Er hat euch nie vor die Wahl gestellt, ihr wart die, die das Urteil fällt.

Elfenkönigin: Und ich zweifelte seine Liebe an, hab ihm damit Unrecht getan. Ich dachte, ich sei ihm nicht genug, doch dachte er, ich sei viel zu gut!

Die Ambivalenz der Liebe

Manchmal da fällt uns ein, wir wollen nur noch mit dem einen Menschen sein.

Wir lieben aus voller Brust heraus, doch der Abstand macht es dann aus.

Wir suchen Nähe, indem wir uns distanzieren, spielen Spielchen, die können wir nur verlieren.

Manchmal fällt uns ein, wir wissen nicht wohin, dabei steht uns nur noch eines im Sinn.

Die Nähe wollen wir nicht verlieren, doch wenn wir fernbleiben, kann man die Nähe nicht adaptieren.

Es könnte ja einmal sein und das wär zu schmerzhaft obendrein.

Manchmal vermeiden wir den Gewinn, denn der eventuelle Verlust kam uns schon vorher in den Sinn.

So lassen wir uns nicht ganz darauf ein, denn es wär so schön, wer mag schon vor Freude weinen.

Es könnt ja sein, wir verlieren, was würde dann erst passieren?

Manchmal vermeiden wir, einem Menschen unser ganzes Herz zu geben, denn wer weiß, was morgen ist, in diesem Leben.

Doch was, wenn es der eine ist, und du ihn jetzt bereits so sehr vermisst?

Was ist, wenn du dich über beide Ohren verliebst und diesem Menschen einfach alles gibst?

Hat er auch bereits alles für dich gegeben, feiert ihr die schönste Beziehung im Leben.

Wartet ihr beide jedoch auf das Allesgeben, verpasst ihr die schönste Chance in eurem Leben!

Was lernen wir aus der Geschicht: Ambivalenz in einer Liebe lohnt sich nicht! Hast du dich für einen Menschen entscheiden, gib ihm alles an jedem Tag in deinem Leben.

So würde die Liebe alle Suchen im Leben beenden.

„Man wäre frei und könnte sich vollkommen der Sonnenseite zuwenden."

Elfenkönigin: Er hat alles für mich gegeben, denn hat sich für sein ganzes Leben entschieden, er hat mir seine Liebe geschworen, weil wir in seiner Welt zusammengehören. Einzig dies wollte er mir immer sagen, nicht dass seine Meinung in meiner Welt würde Früchte tragen. Er für sich hat alles gegeben, nicht um zu bestimmen, wie es ist in meinem Leben. Er erwartet nicht, dass ich ihn wecke, er wartet, bis ich meine Hand nach ihm strecke. Würde es nie passieren, würde er auch nichts verlieren, denn sein Herz hat er mir bereits gegeben, er könnte, wenn er wollte, auch ohne weiterleben.

Mutter Natur: Wahrlich ambivalent.

Vater Zeit: Nein ist es nicht, denn jeder kennt seine Wahrheit für sich.

Elfenkönigin: Doch was hab ich nun für eine Möglichkeit? So sagt mir doch, Vater Zeit.

Vater Zeit: Noch stehen euch alle Türen offen, er hat seine Wahl schon getroffen.

Elfenkönigin: Das ich entscheide?

Vater Zeit: Lasst ihn schlafen, wollt ihr ihn nicht sehen; streckt eure Hand, wollt ihr langsam mit ihm gehen; sagt "Ja", wollt ihr alles geben; der Ring an eurem Finger symbolisiert bereits die Unendlichkeit im Leben.

Elfenkönigin: Sind seine Wünsche so klar, gibt es nur einen Weg, fürwahr?

Mutter Natur: Sein Wunsch ist es, den Weg, den ihr wählt, mit euch gemeinsam zu gehen.

Vater Zeit: So viel bedingungslose Liebe, da bleiben wir stehen!

Kapitel 6: Wie ein Märchen…

All jene Tage, die sie zählen…

Egal welchen Gedanken sie auch wählen …

Es war einmal … so sollt es immer sein …

Es war einmal … das brach ein Licht zum Fenster rein.

Ein Leben auf Wachstum ausgerichtet,

auch wenn der Seelenpartner bereits gesichtet,

auch wenn wir uns auf den Kopf stellen,

manchmal müssen wir uns quälen.

All jene Tage, die sie zählen…

Egal welchen Gedanken sie auch wählen …

Es war einmal … so sollt es immer sein …

Es war einmal … das brach ein Licht zum Fenster rein.

Am Ende wird sicher alles gut,

Hauptsache jeder von euch beweist den Mut,

wenn ihr es wirklich wollt,

wartet am Ende des Regenbogens der Topf voll Gold.

All jene Tage, die sie zählen…

Egal welchen Gedanken sie auch wählen …

Es war einmal … so sollt es immer sein …

Es war einmal … das brach ein Licht zum Fenster rein.

Zufriedenheit wird immer dann gegeben,

laufen wir im Leben der Sonne entgegen.

Sie wird scheinen, wenn wir uns auch noch auf dem Weg befinden.

Allein die Reise, wird am Ende wieder das Glück an uns binden.

All jene Tage, die sie zählen…

Egal welchen Gedanken sie auch wählen …

Es war einmal … so sollt es immer sein …

Es war einmal … das brach ein Licht zum Fenster rein.

Das Leben, ob in Realität oder Märchen, ist ein reiner Gewinn,

denn auch die Erfahrung lässt dich mehr noch entsinnen.

Ist es anstrengend und es geht weiter langhin,

ist auch in einem Märchen eine Wende drin.

All jene Tage, die sie zählen…

Egal welchen Gedanken sie auch wählen …

Es war einmal … so sollt es immer sein …

Es war einmal … das brach ein Licht zum Fenster rein.

Was hat die Elfenkönigin wohl gemacht?

Sicher hat sie ihrem König ein "JA" dargebracht.

Er ist aus seinem steinernen Schlaf auferstanden

und dann haben sie ihr fabelhaftes Leben angefangen.

All jene Tage, die sie zählen…

Egal welchen Gedanken sie auch wählen …

Es war einmal … so sollt es immer sein …

Es war einmal … das brach ein Licht zum Fenster rein.

Was wird mit unseren Sternen geschehen?

Sie werden sicher irgendwie weitergehen.

Einst müssen sie in jedem Fall in die Realität zurück,

doch wenn sie ihre Hände halten, haben sie alles Glück

der Welt.

All jene Tage, die sie zählen…

Egal welchen Gedanken sie auch wählen …

Es war einmal … so sollt es immer sein …

Es war einmal … das brach ein Licht zum Fenster rein.

So werden Traum und Realität sich verbinden,

während zwei Seelen ihre Heimat finden,

fortan reisen sie nie mehr allein.

Nicht noch einmal lassen sie sich entzweien.

All jene Tage, die sie zählen…

Egal welchen Gedanken sie auch wählen …

Es war einmal … so sollt es immer sein …

Es war einmal … das brach ein Licht zum Fenster rein.

In vielen Geschichten mag es einen Knick geben,

vielleicht auch bei der in deinem Leben.

Wir alle haben ein Märchen verdient,

ich hoffe, dass es dir mit genügend Hingabe gelingt.

Dein Nico

27996234R00089

Printed in Poland
by Amazon Fulfillment
Poland Sp. z o.o., Wrocław